Kadokawa Fantastic Novels

三河ごーすと

插畫 Hiten

義妹生活 2

深夜是
只屬於我的時間

「你啊，不但很有意思，
而且很溫柔。」
「怎麼啦，沒頭沒腦來這麼一句？」
「嗯。呃……」
她欲言又止。我靜靜等待。
自動販賣機的光亮消失，陰影落在前輩臉上。
彼此都沒說話，深夜裡的公園只剩滿滿的寂靜。
佇立不動的前輩後方，能看見宛如黑色墓碑般聳立的高樓大廈。
「那個啊，後輩。
我有件事非得對你說
不可……」

「真厲害。奈良坂同學
就像家政老師一樣。」
「咦～我比較想要帥氣一點的耶。
像是留法歸國的一流廚師。」

「這麼一來，就不是在形容妳教得好啦。」
「的確！」
奈良坂同學「啊哈哈」地笑得很開心。
「不過淺村同學也很厲害喔。你學得很快，會讓人想傾囊相授。」

水星高中　期末考結果

淺村悠太

國語（現代文）	96	數學B	88
國語（古典）	77	物理	70
日本史	81	化學	85
數學II	92	英語表達	90
英語溝通			79
總分			758／900

綾瀨沙季

國語（現代文）	??	數學B	86
國語（古典）	90	物理	89
日本史	100	化學	81
數學II	80	英語表達	84
英語溝通			80
總分			???／900

丸友和

國語（現代文）	90	數學B	92
國語（古典）	92	物理	90
日本史	94	化學	82
數學II	96	英語表達	90
英語溝通			94
總分			820／900

奈良坂真綾

國語（現代文）	92	數學B	82
國語（古典）	92	物理	84
日本史	94	化學	86
數學II	86	英語表達	96
英語溝通			96
總分			808／900

義妹生活 2

三河ごーすと
插畫 Hiten

Kadokawa Fantastic Novels

綾瀨沙季 Ayase Saki

高中二年級。因為母親再婚而成了悠太的義妹。外表搶眼，讓人以為是壞學生，在班上也顯得孤立。

「如果全人類做事都很理智，像我和淺村同學這樣，那就輕鬆多了呢。」

「賣點人情說不定之後會有回報嘛。這是雙贏喔。」

「喔～！傳說中的哥哥！原來真的是隔壁班的淺村同學啊～！」

奈良坂真綾 Narasaka Maya

沙季的同班同學。總是精力充沛，喜歡照顧別人，看不下去沙季孤立的樣子，因此纏上沙季成了她的朋友。

淺村悠太 Asamura Yuta

高中二年級。因為父親再婚而成了沙季的義兄。雖然是普通的高中生，卻總是和他人保持距離。喜歡書本到了鉛字中毒的程度。

丸友和

Maru Tomokazu

悠太的同班同學。對於悠太而言幾乎可說是校內唯一的朋友。既是棒球社社員也是御宅族。

「多了個妹妹對吧？你這可惡的哥哥。」

淺村太一

Asamura Taichi

悠太的親生父親兼沙季的義父。和前妻間發生許多事而離婚，後來和綾瀨亞季子再婚。與悠太、沙季的關係良好。

「爸爸我呢，決定要結婚了。」

「呵呵，我已經聽太一說了，你真的很可靠呢。」

綾瀨亞季子

Ayase Akiko

沙季的親生母親兼悠太的義母。和前夫離婚後致力於工作，再婚之前一直是她獨力養育沙季。

「一直以來承蒙關照啦。後輩你真的很可靠呢～」

讀賣栞

Yomiuri Shiori

大學生。和悠太在同一間書店工作的兼職前輩。以好事前輩的立場，支持悠太「和妹妹的關係」。

Contents

Days with my Step Sister

她最後解答的問題，比任何小說的閱讀測驗都來得困難——

序幕

義妹這種存在說穿了就是外人。我是根據經驗這麼說的。

雙親突然再婚。因此產生的兄妹關係，既沒有基因強調的親近感，也沒有共同累積的歲月，不用多想也知道這是理所當然吧。

不過，在老爸和亞季子小姐結婚，我們加上亞季子小姐的女兒展開四人生活已經一個月的此刻，我發現「名為義妹的外人」其實是種極度微妙的存在……恐怕沒辦法單純當成住在同一個屋簷下的外人。

只不過，若要問那是怎樣的存在，卻又讓人難以回答。

放學後，回到自家所在公寓，轉動熟悉的門把。

「你回來啦，淺村同學。」

「我回來了，綾瀨同學。」

開門時義妹對我說的話，以及我回答她的話，過了一個月仍然沒有改變。

就因為短短一週的出生日差距，我被分配到哥哥的角色，她則成了妹妹。那些讓角色安排有意義的舉止與我們無緣，彼此之間只有相敬如賓的平淡招呼語。

沒有「回來啦，葛格♪」這種甜蜜的歡迎。值得慶幸的是，也沒有「別讓那張髒臉出現在我面前，臭老哥！」之類的汙言穢語。

只不過——

最近在打完招呼之後，還會多加一兩句話。比方說像這樣。

「你之前說過今天要恢復打工對吧。」

「綾瀨同學也是今天開始？」

她回答「對」。

雖然是些不重要的平淡對話，但也可以說，這些許的追加，就是我和綾瀨同學這位義妹之間產生的變化。

從期末考的前一週開始，我暫停打工。

綾瀨同學也是。老爸和亞季子小姐告訴她可以不用準備晚餐，或者該說，兩人都要她休息。

考試今天結束，剛剛那番對話，就是向彼此確認這件事。

袋。

趁這個機會，我開始針對「義妹」這種既是外人又是自家人的存在運轉起自己的腦

感覺很短，卻已經相當長的一個月。

以情侶來說，只要同居一個月，恐怕就會看見太多對方惹人厭的部分導致關係僵化，也可能相反地變得更為親密。應該會有不小的變化。呃，我沒有和交往對象同居的經驗，只是透過書中得來的知識推測。

那麼，如果對方是親妹妹呢？沒錯，區區一個月大概不會有什麼改變。這才是正解。既然累積的歲月長達十年以上，就不可能因為短短一個月而改變。換句話說，應該不會有什麼變化。

義妹——沒有親近到會使那些令人介意的缺點造成壓力，也沒有熟悉到能夠像空氣般讓人習以為常。

我自認讀過不少書，卻想不到可以描述這種距離感的詞彙。目前還想不到。

「今天買到便宜的雞肉，所以我要做油淋雞。」

綾瀨同學對窩進自己房間換衣服的我說道。

由於冒出一個只在中華料理店聽過的菜名，換下制服，準備出門打工的我不禁探出

頭問：

「那個在家裡也能做啊？」

綾瀨同學面露苦笑。

「不但能做，而且花不了多少工夫。」

「是這樣嗎？」

我和老爸別說外送了，就連便利商店的便當都能吃得很開心，所以對於這些一竅不通。也因此我會的菜色，還停留在義務教育時期的家政課。

「唉呀，我做的只是模仿個樣子而已。所以不用擔心，我沒有勉強自己。」

看樣子，我怕綾瀨同學負擔太重這點，已經被她發現了。

「那就好。」

畢竟綾瀨同學一旦鑽牛角尖起來，思緒就會往不該跑的方向衝。

儘管共同生活才過了短短一個月，卻已讓我對她的為人有些了解。我想起大約一個月前，那個綾瀨同學找上自家人做高額打工（雇主是我）的晚上。

那個狀況實在有點糟。

「動作不快點不是會遲到嗎？」

「啊，嗯。那麼，我要出門嘍。對了——」

我在開門之前，回頭說道。

「那道菜，麻煩改天教我怎麼做。我想試試看。」

「……不用勉強沒關係喔？」

這回換成我露出苦笑。

被看穿了呢。

現代是契約社會。可是，答應用來交換綾瀨同學做飯的「介紹高薪打工」，我到現在都還沒實現。互相幫助時自己要多付出一點。希望向綾瀨同學看齊的我，非得拿出成果不可。

好啦，該怎麼辦呢？我在思考這些的同時，也加快速度穿梭在陽光尚存的夏日澀谷街道上。

蟬彷彿回神一般鳴叫起來，令人感受到此刻造訪的季節。

從大樓之間的縫隙，能夠望見已經染成紅色的積雨雲。

7月16日（星期四）

濕氣與熱氣，會讓人誤以為剛睡醒的身軀蒙上一層看不見的重膜。剛開不久的冷氣，吹出的吝嗇涼風帶不走身上倦意。我將這股倦意丟給慣性和惰性，以宛如成了機器人般的精神，擦著帶有美麗木紋的白色餐桌。

今天早上，家裡依舊看不見雙親的身影。

從廚房拿來兩人份碗盤的綾瀨同學，將早餐擺在我剛擦完的餐桌上。

盤子裡不是平常的白飯，而是軟嫩的吐司。

「……涼拌麵包？」

「法式吐司。」

綾瀨同學以平淡口吻說出名稱，依然搞不清楚怎麼回事的我，只能輕聲回答「原來如此」。

我當然知道法式吐司這個名字。就算沒吃過，偶爾也會在小說裡看到。然而小說讀者常碰上的悲劇之一，就是知道這個詞卻不認識實物，所以在現實中往往無法立刻反應過來。

「聽起來應該是法國菜？」

「據說名字來自美國。」

「妳還真清楚耶，綾瀨同學。」

「印象中，好像在家庭餐廳的菜單上看過。」

推出季節限定菜色之類時會寫在旁邊的小知識嗎？

呃，詞出自哪裡不重要。

「這個要怎麼吃啊？」

「我放在旁邊了吧？」

「用刀叉？」

「對。要直接拿著吃或用筷子也沒關係就是了，畢竟是在家裡。」

綾瀨同學說得輕鬆，但我實在不太願意再次展露自己丟臉的一面，畢竟我還沒完全將她當成家人。外人，同年級的女生，還是個美女。要將自己的醜態暴露在她面前，這門檻有點高。

「要把麵包像牛排那樣切塊，總覺得有點怪。」

「會嗎？當成切蛋糕那樣，應該就不會覺得突兀了。」

「確實。」

同一件事從不同角度看，觀感會有很大的差異。

我將這種派不上用場的哲學連同麵包一併切開，專心吃早餐。用舌頭品嚐蛋與糖有多香甜的同時，我也思考起該怎麼把對於味道的感想說出口，於是瞄向綾瀨同學。

眼睛所見令我有些疑惑。

坐在對面的綾瀨同學，乍看下和平常一樣面無表情，但是操作刀叉的手少了點優雅。可能有什麼事讓她分心吧，她顯得坐立難安。

「怎麼了嗎？」

「咦？」

「總覺得，好像有什麼事讓妳很在意。」

「……真敏銳啊。」

被看穿了嗎——綾瀨同學苦笑著這麼說，並且看向牆上的月曆。

那份以小貓玩耍照強行治癒人心的月曆，是她們搬過來時，亞季子小姐帶的。似乎是保險業務員去她工作那間酒吧拜訪時送的。這年頭靠智慧型手機的日曆程式就綽綽有餘，所以我和老爸以前沒在家裡掛過月曆，不過亞季子小姐說牆面顯得很冷清，因此從上個月起它掛上了餐桌旁那面牆。

綾瀨同學看著那個讓我感受到多了女性家人的玩意兒，開口說道：

「我想，大概是今天吧。」

「什麼是今天？」

「期末考結果全部出爐的日子。我們班大概是今天。」

「啊，原來你們還沒公布完啊。」

「嗯。說是這麼說，不過也只剩一科就是了。」

都立水星高中才不會管學生是多了沒血緣的家人還是被新生活搞得焦頭爛額，依舊循往年慣例在七月初舉行期末考。

我和綾瀨同學既沒有討論也沒有合作，各自做準備應考。

別多管閒事，保持適當的距離感。做了這種約定而成為兄妹的我們，當然不知道彼此的考試結果，也沒有主動探聽。

直到今天的此刻為止。

「淺村同學，可以問個有點下流的問題嗎？」

「行啊。反正那種真正下流到會讓人想摀住耳朵的話題，綾瀨同學再怎麼樣都不會提。」

會說出口就代表還在常識的範圍內。我對於綾瀨同學的良知，已經信任到能夠如此肯定。

「考試的結果，怎麼樣？」

是個比想像中還要普通的話題。

話雖如此，不過對某些人來說這很敏感，所以綾瀨同學選擇先知會一聲，她還真是個多禮的人啊。

「呃……日本史81分，數學II 92分，數學B是88，物理70，化學85，英語表達90分，英語溝通是79分。現代文96分，古文是77……合計應該758分吧。」

「真厲害。淺村同學你成績很好嘛。」

「聽到妳這麼說雖然令人高興，不過以我個人的角度看來，還有很多需要努力的地方。像是物理啦古文啦，偏弱的部分得加強才行。」

「我覺得現代文拿到96分已經夠誇張就是了。真好。」

「綾瀨同學呢？」

「日本史100分，數學II 80分，數學B是86，物理89分，化學81分，英語表達84分，英語溝通是80分。古文90分。」

「居然全部都有80。成績根本就比我好嘛。」

「那是『到目前為止』。」

「什麼『到目前為止』，只剩一科了吧？就算現代文考得不好，總成績應該還是妳比較高。」

「這就難說了。畢竟我對現代文真的沒什麼自信。」

說話向來乾脆的綾瀨同學，難得有這種曖昧的不安反應。她輕輕嘆了口氣。

「我原本想暑假開始打工就是了……要是現代文的分數太差，念書時間恐怕沒辦法縮短。」

「抱歉，都怪我沒找到高薪打工。」

「慢著，這不是你的錯吧？」

「呃，因為是交換條件嘛。」

雙親都要上班的我們家，平常的早餐和晚餐是由小孩——我和綾瀨同學負責，也只有我們吃。

義母亞季子小姐偶爾有空有餘力的時候會做，不過基本上我們要自己搞定。

為了將來能一個人堅強地活下去，不會因為是女性就被瞧不起，綾瀨同學努力用功想考進一流大學。

另一方面，她也為了避免讓家裡負擔學費而想找高薪打工，所以拿早晚做飯當交換條件，拜託我蒐集情報。

不過說來丟臉，這一個月，我沒有帶回任何成果。

可能是不想讓我心懷愧疚吧，綾瀨同學沒有半句責備，只是面露苦笑。

「把事情想得太美好這點，我也有在反省。我會先腳踏實地從普通的工作開始嘗試。」

「那麼，我也幫忙做飯吧。」

「咦？嗯……」

做飯是交換條件，所以這也是理所當然。我是這麼想的。不過綾瀨同學沉吟了一會兒，似乎是覺得哪裡不對勁。

「這就免了。」

「咦，可是——」

「做飯很開心，而且可以讓我放鬆呀。」

「這樣確實幫了個大忙。不過，這麼一來就變成我單方面受惠啦。」

有個詞叫「互惠原理」。

人一旦受惠，就會覺得非得回報對方不可。受惠就要回報，若對方也回報就要再度報答。有此一說，人與人之間就是透過一再重複這種行為，才會建立起圓滑的關係。

我不認為自己有魅力到能夠讓他人投注無償的愛情，要是人家沒有半點好處卻親切以待則會懷疑是詐欺。就算不是詐欺而是發自心底的奉獻，這種親切也會讓我覺得很噁心。

理應和我是同一類人的綾瀨同學，可能也明白我這種心情吧，嘀咕著「也對，這樣就算不上互相幫助了呢」，認真地思索起來。

「那麼，提議。」

想了一會兒之後，她半開玩笑地舉手。

「既然找了一個月還是沒有結果，高薪打工多半是找不到了。關於這點，我們的看法應該一致吧？」

「嗯。很抱歉，如果不仰賴非法手段，大概就是這樣了。」
「要存夠上大學的錢，再怎麼晚都得在暑假開始打工。這麼一來，多半得縮短睡眠時間，想辦法擠出時間念書。」
「睡眠不足不是會導致學習效率低落嗎？」
「沒錯。所以，我有個提議。淺村同學，幫我想些提高學習效率的主意吧。」
「提高學習效率，是嗎？像是找優質參考書、安排能集中精神的環境？」
「方法就交給你。可以嗎？」
雖說世界很大，不過天底下有離私利私欲這麼遠的「妹妹的請求」嗎？
儘管和一般那些被任性妹妹耍得團團轉的哥哥們相去甚遠，不過身為哥哥只能點頭這部分倒是一致。
「我知道了。雖然要找到配得上這份法式吐司的方法好像很難，不過我會盡力而為。」
「謝謝，我很期待喔。」
綾瀨同學說出這句話時的理性口吻和冷靜表情，讓「期待」這個詞顯得一點也不可信。真想讓那張就算沒成果多半還是不會責備我的臉，有些好的變化。

7月16日（星期四）

提高學習效率的主意。好啦，有什麼方法呢？我一邊思考，一邊用舌頭盡情享受事前報酬法式吐司的香甜。

就這樣度過早晨時光的我們，和「兄妹感情很好地一起上學」這種輕小說及漫畫裡常有的事件無緣，各走各的。我和義妹的關係就只是現實，沒有對這點感到疑問或悲哀的餘地。

無論是我還是綾瀨同學，都沒有公開成了義兄妹的事實，在學校維持陌生人的距離。

綾瀨同學的好友奈良坂真綾是唯一的例外，我就連自己的朋友丸友和都沒說。我並不是不相信丸，但是他參加的棒球社裡，似乎有些損及綾瀨同學風評的謠言流傳，特地講些有可能讓他操心、引起風波的情報，未免也太蠢。

「喂，淺村。在學校上色情網站要適可而止喔。」

這個丸友和呢，就在此時出聲調侃我。

教室裡瀰漫著班會前的鬆懈。已經做好上課準備的我，正獨自把玩著手機。

「丸，你知道嗎？說別人壞話就是反映自己的內心喔。」

「這話是什麼鬼啊？」

「人家一定是在做壞事……之所以會這麼想，是因為自己先有了這種念頭。」

「真有趣的說法。」

「換句話說，平常就在看色情網站的是丸你自己。你證明了這點呢。」

「喂，你這傢伙也太武斷了吧。」

「你沒在看嗎？」

「……有。」

證明完畢。

明明不需要老實招認卻沒有裝傻，可見丸真的是個好傢伙。

「我的膽子沒有大到敢在學校看那種東西啦。有些東西想調查一下。」

「喔，找動畫的感想嗎？昨晚可是大豐收呢。『DJ麥克計畫』也是神回。」

「啊，這麼說來，我記得你迷上那玩意兒了對吧。」

「選曲有眼光嘛。有很多90年代電玩音樂這類內行人才知道的名曲喔。」

「90年代……相當久耶。」

「雖然久，但不能因為老就小看它們喔。當時是用有限音色琢磨出充滿魅力的樂曲；另外，將作曲家內在的藝術性擺到後面，以配合遊戲演出為優先，這點也是革命性的改變。」

丸愈說愈亢奮。我對展現御宅族特有快嘴的好友投以溫暖的眼神，同時懷著沒那麼激動但還不至於引人反感的關心附和。

「原來如此。也就是說，用上了能刺激你那顆宅心的樂曲。」

「沒錯沒錯，就是這樣。漂亮地改編成現代風格，卻保留了FM音源的韻味。而且電玩音樂沒有日語歌詞，所以不會被語言隔閡綁住。它能越過海洋，得到全世界的喜愛。我認為啊，策劃『D麥』的人應該很有一套。」

「真意外呢。」

「意外什麼？」

「你談起音樂居然會這麼亢奮。我知道你懂很多，不過涉獵的範圍也未免太廣了吧？」

「會有這種感覺，是因為我只聊自己熟悉的領域啦。」

「啊～確實。」

「要掌握對話的主導權啊。在我的談話空間裡，我就是全知全能的神。」

「這是詐欺的伎倆嗎？」

「本質應該一樣吧。至於是不是犯罪，就要看怎麼利用這套手法。」

「你會怎麼用？」

「用來讓我自己享受對話。」

「還真是和平啊。」

丸嘴角一揚，臉不紅氣不喘地吐出這種宛如提倡及時行樂的台詞，於是我回應時帶了點諷刺。

其實連這套聽似謙虛的說法，也像是在吹噓自己腦袋很好，所以我原本想針對這部分追究。不過這樣吐槽人家未免太惡劣，所以還是算了。

「不過嘛，雖然沒到全知全能，但丸你很聰明也是事實。反正期末考你又是輕描淡寫就拿下好成績了吧。」

「穿幫啦？抱歉一直瞞著你，我啊，其實是個天才。」

「早就知道啦。」

那麼，成績究竟如何呢？我試著問還有餘力搞笑的丸，結果他回了一堆和常人相差有夠多的數字。

現代文90分，古文92分，日本史94分，數學II96分，數學B92分，物理90分，化學82分，英語表達90分，英語溝通94分——合計820分。

這種鶴立雞群的成績，讓我不禁「喔喔」地讚嘆。

「再怎麼說也太誇張了吧？平均90以上耶。」

「只是抓到訣竅而已啦。」

「我可不覺得只是這樣。更何況我們是升學高中，考試偏難。在棒球社活躍，又有動畫這項嗜好，連念書都是頂尖。怎麼想都是用了外掛。」

「沒用啦。」

實際上，他應該沒有半點心虛吧，吐槽得毫不遲疑。

先不講外掛，我倒是希望他有什麼祕訣。

提高學習效率的方法——如果丸能夠傳授我箇中奧妙，就能當成送給綾瀨同學的伴手禮了……不過嘛，世事向來不會這麼美好。

可能看透我在想什麼了吧，丸鏡片下那對犀利的眼睛，盯著我看了好一會兒。

他就像個人們追求真理時回答得心不甘情不願的賢者，長嘆一聲。

「不過，有幾個決定因素。」

「咦？」

「首先有個大前提，我是短眠者。」

「睡眠時間少也不會影響健康的體質，是嗎？原來丸你有這種體質啊。」

「嗯。不過呢，這是與生俱來的，由基因決定的可能性很大，所以不建議別人有樣學樣。」

「看樣子也學不來呢……話又說回來，建議是指——」

「你想知道吧？我提升學習效率的訣竅。」

「你猜得太準了，感覺很恐怖耶。」

「哈哈哈。很好猜呀。」

我可不覺得若無其事地讀心值得恭維。

所以才說棒球隊捕手這種生物令人頭痛……雖然是偏見。

「唉，隱瞞也沒什麼意義，就老實告訴你吧。我確實在找高效率的學習方法。不過，既然不是人人都管用，就沒辦法當參考啦。」

「別急別急，淺村少年。接下來才是重點。」

丸吊盡別人胃口之後，拿出自己的手機，啟動音樂App。

7月16日（星期四）

「音樂？」

「沒錯。我集中精神的祕訣。華麗地回收了剛剛那個話題的伏筆。」

「感覺你把兩件事硬扯到一起耶。」

「不過，的確有效喔？人類啊，會按照習慣動作。只要把『聽到這個音樂就給我去用功』的印象烙印在腦裡，拿筆的手就不會停下來啦，反而會覺得摸魚很麻煩。」

「原來如此。算是某種自我暗示、生活小祕訣。用治癒系的音樂或環境音會比較好嗎？」

「這部分就要看人。我是古典樂和重金屬特別合胃口，聽了能集中精神。」

「看來不是人人都能用這招呢……」

「拿怎樣的曲子當作業用背景音樂能集中精神，這點因人而異。淺村你不妨多找一下，看看有沒有適合自己的。」

「咦……啊，嗯，也對。我會找些音樂試試看。」

儘管當場愣了一下，我依舊盡可能回應得自然。

即使是直覺敏銳的棒球隊正捕手，應該也猜不到我尋找增進用功效率的手段不是為了自己，而是為了綾瀨同學。

不過，如果只是放音樂，綾瀨同學本人應該也想得到，感覺不需要我特地告訴她。這是個可以著手之處。

我暗自決定要為了綾瀨同學再加把勁蒐集情報，同時心不在焉地敷衍身旁這位興高采烈聊著「ＤＪ麥克計畫」的朋友。

話說回來，綾瀨同學的現代文成績怎麼樣啊？

放學之後，抵達自家門前將手放到門把上的那一刻，這個疑問突然出現在腦海正中央。

但是我馬上就搖搖頭，打算甩開這種和看熱鬧沒兩樣的疑問。

要說不在意結果是騙人的，然而因為好奇而單方面追問未免太沒禮貌。

可以說出來。想說出來。如果綾瀨同學這麼判斷，她應該會自己告訴我。

「我回來了。」

打開門，瞄了一眼一個月來每天都會在玄關看見的女鞋，確定同居人待在家裡之後，我出聲示意並踏上走道。

今天我沒打工也沒繞去別處，所以到家相當早，不過看來綾瀨同學更早。

7月16日（星期四）

不知道是放學後的班會結束得快，還是她腳步快。綾瀨同學快步行走的模樣輕而易舉地在腦中浮現，令我不禁在內心輕笑。

我回到房間，正想著該拿沒打工的自由時間尋找作業用背景音樂時，背後傳來轉動門把的聲音。

回頭一看，離開自己房間的義妹快步接近。

「淺村同學。」

「啊，我回來了……呃，綾瀨同學？」

即使快要撞上她也沒慢下腳步的意思，於是我困惑地問道。

面無表情的美女近在咫尺。感覺就像在看一張凝聚了藝術精華的面具，讓人手足無措。

「教我現代文。」

「騙人的吧？」

聽到她用一如往常的冷靜表情與聲音提出異常請求，我不禁這麼嘀咕。

不是懷疑她說謊。而是因為我瞬間明白她的意思，猜到背後出乎意料的事實，導致驚愕的感情搶先一步脫口而出。

我以這項猜測為前提發問。由於拐彎抹角反而失禮，所以我直接開口。

「妳幾分？」

「38分。」

「這還真是極端……」

「我隱約有這種感覺。畢竟我本來就不擅長，所以這次大概也不行。」

「明明其他科目分數那麼高……當然人都有擅長與不擅長的領域啦。」

「故事裡登場人物的心情，我完全不懂。」

她略微別開目光，輕聲說道。

聽到這句話，我連連眨眼。

「現代文以解讀文意的問題為主，應該不需要理解這些。」

「倘若是小說，文章就等於登場人物的心情吧……不過，心思被不需要想的部分拉走，這點我也有自覺就是了。」

「如果是這樣，妳會苦戰到這種地步就讓我不太明白。妳明明是會體諒別人的那種人。」

「看起來像嗎？」

「嗯。至少對我來說，妳會弄清楚我的立場試著磨合。」

「相反喔，淺村同學。」

「相反？」

「正因為不明白他人的心情，才需要磨合。」

「這……確實沒錯。」

我很怕碰上「突然就發起脾氣，要別人了解他的感受」的那種人。

因為我親眼看著老爸被這種人耍得團團轉。

以不可靠的方式揣測對方心思，持續做些不確實的溝通，相當於每次對話都要擲個破滅機率有百分之十的骰子。

未免太靠運氣了。

所以在她提議「別對彼此有所期待，一邊磨合一邊過日子吧」的時候，我鬆了口氣。

自己的真心話和對方的真心話——只要兩邊都攤開手牌，比對適合的那一張，就能在不傷害彼此的情況下，讓牌局持續到永遠。

不過，儘管這麼做是種顧慮對方的溫柔，但是反過來說，也能看成放棄透過隻字片語解讀人心。

「說實話，這次的結果可能很糟。我雖然已經有了考差的心理準備，不過這樣實在有點慘。」

「38……按照我們學校的標準，現代文未滿40是不是不及格啊？」

「對。在暑假前夕——21號要補考。如果沒辦法在補考拿到80分以上，就得暑修。」

「要為了不在入學考範圍的內容補課啊？真不想碰上這種事呢。」

「嗯。所以，我希望至少補考要確實過關。淺村同學，現代文是你最擅長的科目對吧。」

「多虧了閱讀這個嗜好嘍……原來如此，所以才想找我教妳現代文。」

「可以嗎？」

「行啊。而且現在是我虧欠妳比較多，我想趁有還債機會的時候還。」

「太好了。」

綾瀨同學露出微笑，似乎鬆了口氣。

顯得沒那麼緊繃的她，說「那麼我在起居室等你」，隨即離開房間。

話又說回來，即使是在這種時候，綾瀨同學行事依舊很符合她的風格呢。

考試拿了紅字，就算驚慌失措或生悶氣也沒人會有意見，她卻積極思考要怎麼改善，並且付諸實行。

……不過也正因為如此，讓我覺得有些不對勁。

為什麼理性、懂得反省，能夠持續自我改善的她，過去一直丟著現代文這個弱點不管呢？

雖然有疑問，不過光在腦袋裡想也只是亂猜，於是我把從學校帶回來的東西擺在書桌上，只拿著文具和智慧型手機走出房間。

一走進起居室，就看見左手拿著筆的綾瀨同學將教科書和筆記本擺在餐桌上，以認真眼神盯著剛發回的答案卷。順帶一提，我先前問過綾瀨同學本人，她好像原本是左撇子。儘管父母親教育的結果讓她吃飯時會用右手拿筷子，不過筆通常以慣用的左手拿。

若是漫畫大概會被叫進寢室來段誘人的發展，不過很遺憾這是現實。

只會看見「認真面對眼前課題」這種非常平凡的情景。

稍微想了一下之後，我坐到綾瀨同學正面，餐桌的另一邊。

「不坐我旁邊嗎？」

「那種距離總覺得有點不對勁。」

「義父和媽媽在家時都是坐旁邊吧？」

「我認為他們在不在有很大的差異就是了。」

「是嗎？」

一秒之前我還能肯定地說「沒錯」，不過看見綾瀨同學的理性表情之後，讓我覺得把她當成同齡女生保持距離的體貼行為，說不定反而失禮。

能完全不把她當成異性淡然處之是最好，然而若要這麼做，她的魅力卻又高了一點。

當然，這與我的喜好無關，而是客觀事實。在學校即使有負面謠言流傳、令人懼而遠之，卻還是有很多男生向她告白，可以說統計上已經證明了她的魅力也不為過吧。

……我還記得上個月的事件。

理性思考靠自己賺錢的方法之後，她得出一個異常的結論。她只穿著內衣逼近的模樣，如今偶爾還是會閃過我的腦海。

平常生活自然是不會意識到這些（如果三不五時便想到那個畫面，就變成性慾旺盛的猴子了），不過像這樣孤男寡女共處一室，物理性距離相當接近的時刻，記憶復甦也是難免吧。

「喂，明明已經約好絕對要忘掉，為什麼到現在還記得一清二楚？」

「咦？有約定過這種事嗎？」

聽到這個宛如讀心的質疑，我疑惑地反問。

應該沒約定過才對。

我只有在心裡發誓要忘記，沒和綾瀨同學談過任何有關那件事的話題。

感到不可思議的我看向綾瀨同學的臉，發現她相當吃驚，似乎比我還要意外。

「有啊。不過嘛，也只有開頭提到一點而已，可能不太容易留下印象。」

「抱歉，綾瀨同學。我完全聽不懂妳在講什麼。」

「振作一點啦。現代文是你擅長的科目吧？淺村老師。」

聽到她這句話，加上注意到她指著題目卷某處，我才總算弄清楚怎麼回事。

「……原來如此。不知不覺間換了個話題啊。」

「沒換啊，我一直在解這個問題。」

「抱歉，我似乎誤會了。我們開始吧。」

看樣子，教學已經開始了。

她不是責備我想歪，只是向我請教現代文不懂的地方。

「謝謝。那麼，剛剛的問題……」

「啊，等一下。我想從『怎麼念現代文』這部分開始給建議，行嗎？」

「當然。只要能讓成績進步，什麼建議都歡迎。」

「首先我想先弄清楚妳是拿現代文的哪裡沒轍。答案卷和題目卷借我一下。」

「嗯。來，這裡。」

綾瀨同學聽話地交出考卷。和金髮戴耳環這種像不良少女的外表相反，她是個很乖巧的好學生。

以紅字寫上的殘酷分數38，實在和她不相稱。

看來不像是理解不足、能力不足、努力不足之類的問題。

應該有什麼根深蒂固的原因讓她難以拿分才對。為了找出答案，我徹徹底底地觀察綾瀨同學的考試結果。

然後，找到了。

「論說文閱讀測驗與漢字接近完美。扣分幾乎都是小說的閱讀測驗部分。」

「……是啊。那是我不擅長的領域。」

「我想妳應該是第一次不及格，因為這次小說的配分比過去的考試來得多。」

「正解。到這邊為止，我自己也分析得出來。」

可是找不到解決方法——她顯得很沮喪。

「前面的論說文題目正解率明明很高，但是隔了兩道小說題的另一個論說文題就有顯眼的空格。這應該是在小說部分苦戰導致時間不夠，對嗎？」

「講得就像親眼看見一樣呢。」

「猜錯了嗎？」

「正中紅心。所以有種被戳到痛處的感覺，讓人不太舒服。」

面無表情裡混了點不悅的氣息。

「抱歉，我太直接了。」

「原諒你。還有對不起，你明明是因為要認真教我才會踩到痛處，我卻忍不住感到不爽。」

「嗯，彼此彼此。」

我和綾瀨同學遵守剛成為一家人時的約定。

不把話悶在心裡、不做奇怪的試探，有錯誤立刻討論磨合，互相妥協。不讓情緒變化停留在表情，而是將不悅的情緒直接訴諸言語，說真的這樣相處起來輕鬆多了。

「然後呢，特別讓妳感到頭痛的則是這個，夏目漱石的《三四郎》。不但連一題都沒對，而且空格也從這部分之後開始變多。」

「真的耶……」

「沒自覺嗎？」

「因為我只想著解題。雖然我也覺得這些題目比其他部分難處理。」

「也就是說，沒注意到致命傷在這裡。」

考試答題有所謂的節奏。

人工作業的情況下，精神狀態會對結果造成很大的影響。如果覺得解答順暢就能從中得到快感，會帶著手擅自下筆般的氣勢一口氣往下寫。

反過來說，卡住動不了就會讓腦感受到停滯，停滯會引來壓力，壓力則會導致智能低落。

因此若要考出最好的成績，就該讓自己的情緒安定，保持答題節奏……我在某本書上看過這種論點。容易受到影響的我，自從讀了那本書之後，就老實地試著用書上介紹的方法。

能夠立刻回答的問題、稍微想一下就能解答的問題、需要花時間深思才解得出來的問題。將眾多題目像這樣分類，按照自己喜歡的節奏回答，自然而然就能填滿答案卷。

「像綾瀨同學妳這種邏輯思考能力強的人，可能沒把問題完全弄清楚就會覺得不舒服。能夠迅速理解的問題大概可以立刻回答，一旦卡住就會身陷泥沼。」

若是這樣，我大概能明白她一直拿現代文沒轍的理由。

大腦判斷「自己應該已經採用正確的作法了」，所以想改善也找不到施力點。

解釋到這裡之後，綾瀨同學點點頭表示「原來如此」。

「確實，其他科目好像都能下意識地迅速答題。」

「換句話說，看來只有現代文的小說部分，有讓妳無法這麼應對的理由。」

「理由……」

「只要明白理由，便能找出應對方法。就先從這篇《三四郎》著手，試著思考是什麼妨礙妳理解小說吧。」

我大略掃了一下那段拿來出題的文章。如果是整本書恐怕有點難，不過考卷上只有

《三四郎》的一部分。

從明治橫跨大正的知名文豪夏目漱石，在他的著作裡，這部《三四郎》的純愛小說色彩特別明顯，一般認為就連現代高中生看了也不難弄懂。

或許有不少人聽到文學便心生警惕，不過這部作品是以當年平民的現實為底，放入了許多能夠令人嚮往、共鳴的情節，說穿了就類似當時的偶像劇。

本質上來說，和現代的戀愛小說差異不大。

要說有什麼不同之處，頂多就是作者擷取時代要素的部分相當忠實，具有當成歷史資料的價值，因此像這樣被當成教科書題材長年流傳吧。不過在文學的世界裡，這一個「頂多」的差距就會嚴重影響作品的價值，該對這部作品保持敬意自然不在話下。

「老實說，我覺得相當難。不過看班上其他人的反應，好像都能輕易解答。」

「《三四郎》是以描述在政治婚姻理所當然的社會裡，人面對自由戀愛這種先進觀念所產生的糾葛而聞名。可能就是因為這種在當年相當新穎的戀愛觀，所以有許多現代人比較好懂的部分。」

「是嗎……？哪邊好懂啊？」

可能是下意識的動作吧，綾瀨同學輕咬自己的指腹，並且疑惑地歪頭。

「我想，綾瀨同學妳將哪邊無法理解說出來應該比較快。試著條列看看？」

「主角三四郎在想什麼、看似主要人物的美禰子在想什麼。還有，不止思考，我連他們的行動有何意義也完全不明白。」

「呃……三四郎為美禰子著迷，這點有看出來嗎？」

「是嗎？」

綾瀨同學眨了眨眼。

她一副打從心底感到意外的樣子，不過想露出這種表情的人是我。

就算沒有特別累積閱讀經驗也無妨，照理說那段心理描寫只要有一定程度的閱讀測驗能力就看得懂。其他科目都能拿到高分的她，無法理解未免太不自然。

「居然從這裡就有問題，這還真難處理。嗯……該怎麼解釋呢？」

「著迷……換句話說，是戀愛那種『喜歡』對吧。」

「沒錯。描寫感覺格外用心，還有些誇張表現。特別是其他男性接近女主角時的嫉妒心等，不是很簡單易懂嗎？」

「嫉妒……他不希望美禰子和其他男性交談嗎？」

「至少我看起來是如此。」

「可是，他沒對當事人說不要這樣吧？既然不高興，說出來不就好了。」

「唉，因為他就是笨拙到做不出這種事嘛。還有，和喜歡的對象交流，心理上的門檻應該很高。」

「那些真心話不說出口而是藏起來的人，說真的我不太明白他們的感受……因為我不會這麼做。」

「試著想像一下無法啟齒的場面如何？像是遇上初戀對象時的感受等。妳沒有因為喜歡人家而亂了方寸，沒辦法做出正確選擇的經驗嗎？」

「沒有。而且我根本沒有什麼戀愛經驗。」

「這樣啊……」

「淺村同學你有嗎？」

「……聽妳這麼一說，好像也沒有。」

正確說來，在懂事之前，我似乎對幼稚園老師求婚過。

不過那也只是老爸轉述，真相如何很難講。不算。

上了小學之後，在我還記得清楚的範圍之內，只剩下雙親失和的印象，沒有那種能想像幸福戀愛或結婚生活的純真。

「喔……沒有啊。」

「……不行嗎？」

「沒有。只不過我在想，既然同樣沒有戀愛經驗，應該能認定和現代文的分數無關。」

「的確，分歧出在哪裡倒是令人很有興趣。」

說不定，是我的御宅族興趣。

儘管不曾夢想過和現實的女生交往，但我倒是常覺得小說、漫畫、動畫作品中的女主角很有魅力，換言之，我是在創作中體驗所謂的虛擬戀愛。

這些學習的累積，造成對於戀愛感情描寫的理解能力有所差距——這個假設似乎很有說服力。

話雖如此，不過這樣子只能得出「幾乎不可能在補考前學會」的絕望性結論，這種不負責任的態度實在沒資格當家庭教師。

必須提個有建設性的解決方案才行。

「那麼，放棄投入感情解題這個方法吧。既然無法解讀，那就乾脆放棄。」

「自暴自棄作戰？」

「不對。把上面的內容當成情報吸收，機械性地回答。只要切換認知就好。」

「切換……認知。」

「對。就是因為認定『必須解讀人心』才會陷入困境。只要像數學那樣，用代入算式的感覺去解題就好。綾瀨同學，妳歷史分數相當高，應該很拿手吧？」

「嗯，算是吧。畢竟只要背下來就好。而且，歷史令人感興趣的部分很多。」

「其實，現代文只要將作品名稱和書寫的時代背景連結起來並記住，意外地就很容易了解作者寫什麼。既然歷史很拿手，那麼只要將連結知識的思考方法安裝進自己腦裡，應該就能順利弄懂了吧？」

我想，這就是「說起來簡單做起來難」的典型案例。

不過考慮到她的基礎素質，要做到應該是綽綽有餘。

「確實，我可能比較擅長這麼做。」

「總而言之，先試著拿《三四郎》練習吧。雖然補考會不會又拿《三四郎》是個未知數，不過會拿來出題的材料就只有那幾種，只要記住解法，我想應該來得及。」

「補考……過得了關嗎？」

綾瀨同學以平淡語氣說出這個單純的疑問。

儘管我是因為已經漸漸了解她這個人才講得出口，不過既然會這麼問，就代表她內心應該相當不安。

這也難免。畢竟她一直認定這是自己不拿手的領域。

不過也正因為有這種反應，讓我肯定一切都會順利。

綾瀨同學是一個沒有「只要掌握訣竅，馬上就能做到」這種天真想法的人，代表她就算繞了點遠路，終究有一天能達到目的。

「是綾瀨同學妳的話就過得了。」

「嗯。那麼我就相信淺村同學，試著努力看看。」

幾乎沒有根據。但是她既沒有懷疑也沒有埋怨，而是打從心底這麼說，並且拿起智慧型手機開始查《三四郎》的時代背景與解說。

方針已定，只剩下老實地執行。

之後她非常專注，把《三四郎》的解說網站從頭看到尾，像機器一樣連眼睛也不眨……這麼說可能太過誇張，但是一動也不動的她甚至讓我產生了這種錯覺。

即使突然我起身拿飲料、用手機查別的東西，她的目光依舊沒偏離半點，一心一意面對自己該做的事。

7月16日（星期四）

說起教妹妹念書的事件，一般來說應該是拿不得要領的妹妹女主角沒轍，或是被無法忍耐沉默的妹妹惡作劇之類的服務性質橋段。不過現實中的義妹，就只是專心一致地用功。

不過，即使沒有那種誘人的發展，這段只能偶爾聽到振筆疾書聲的時間，依舊讓我感到非常愜意。

結論──

這種念書方法，發揮了很大的效果。

將《三四郎》大致安裝完畢之後，我拿起題目卷，一題又一題地問出和實際考試一樣的題目，綾瀨同學答得十分順利，每一題都是正解。

她的腦袋果然很好。只要知道解法，馬上就有效果。

「恭喜。這麼一來只要精通所有可能成為考題的小說，就不用怕現代文了。」

「謝謝。你真會教。」

「……！啊，不，沒這回事。」

在謙遜之前，我停頓了一下。

因為我看見，老實道謝的她，嘴角有些許上揚。

「該不會，妳剛剛在笑？」

「天知道嘍，我不太清楚。」

她立刻聳了聳肩，蒙混過去。

這種無法解讀真意的神祕態度，很諷刺地非常接近綾瀨同學評為「無法理解」的《三四郎》女主角。

7月17日（星期五）

早晨。腦袋還沒清醒的我下了床，走出房間。前往洗手間的途中，我下意識地放輕腳步，避免與家人碰上。

有了義妹以後的重大改變之一，就在這裡

早晨的生活習慣。

和老爸兩個人住的時候，我根本不會在乎一頭亂髮和惺忪的睡眼，就算身上是有汗臭味的睡衣也能若無其事地在家裡走來走去。

但是現在不行。

綾瀨同學，還有亞季子小姐。由於很有可能被兩位幾乎等於外人的女性看見，讓我實在沒勇氣展現出那種會令人覺得骯髒的邋遢樣。

確認沒人之後，我進入洗手間，以鏡子檢查自己的臉。用水潤過乾渴的喉嚨，在清洗時捏捏自己浮腫的臉，並且拿刮鬍刀刮掉冒出的些許鬍碴。

先不論算不算完美，至少已經打理到見人不丟臉的我，抬頭挺胸走向起居室。

「早安，綾瀨同學。」

今天早上，她還是一樣全副武裝。

頭髮沒有一絲亂翹，化妝無懈可擊，身上也穿著燙得平整的學校制服。

我到現在還沒見過義妹的儀容出現破綻。

昨天明明忙著搜尋可能成為現代文考題的小說情報並背下來而搞到很晚，卻在和平常一樣的時間坐在一樣的位置，可見她自制力驚人。

而且餐桌上攤開的是教科書和手機。看來還在用功。

一喊之下，綾瀨同學抬頭，接著理所當然地站起身。

「早安，淺村同學。如果你願意簡單打發就再好不過，荷包蛋行嗎？」

「啊，今天的早餐就不用了。我自己隨便烤點吐司來吃。」

「咦，為什麼？」

「補考。妳想專心念書吧？」

我用眼角餘光瞄向開放式廚房。有兩個看似剛洗過的盤子。一個應該是早上比任何人都早出門的老爸吃完後留下的痕跡，另一個應該是綾瀨同學吧。

顯然是在我起床之前就弄些簡單的東西吃完，確保念書時間。

「不過，我們講好了。」

「就目前而言，我虧欠的比較多。何況妳通過補考對我來說同樣有好處，妳專心念書對我比較有利喔。」

我沒遮遮掩掩，有話直說。

實際上，要是補考沒過而落得需要暑修，綾瀨同學能夠為了準備自立而打工的時間也會跟著變少，可就不只是提升學習效率能擺平的問題了。當然，用來交換的做飯必然告吹，我的飲食生活八成會亂成一團。

大概是明白這並非單方面施加負擔了吧，綾瀨同學老實地退讓。

「謝謝。那就恭敬不如從命。」

「不客氣，話是這麼說，但妳並沒有因此欠我什麼喔。」

「……嗯。我知道。」

她微微一笑，再度坐下面對餐桌。

看見義妹進入集中模式之後，我心滿意足地走向開放式廚房。

好啦，久違地露兩手吧。

沒想到有再次展現「把起司片放到吐司上烤」這種高級技巧的一天，呵呵呵。

光是在心中吹捧自己，就能讓麻煩的作業變得稍微輕鬆一點，高中男生真是種幸福的生物……不，說不定高中女生也差不多？改天問綾瀨同學吧，挑個不會打擾她念書的日子。

吐司烤得很漂亮，呈現出感受不到空窗的漂亮金黃，起司焦痕也很有藝術性。

在我努力想要咬斷比想像中還能伸展的起司時，坐在對面的綾瀨同學依舊專心念書。

真是不得了的集中力。

連這種環境也能如此專注，代表她的學習效率應該還有提升的餘地。

看樣子，作業用背景音樂得找些水準夠高的。

「嗯、嗯嗯……」

等到吐司全都進了胃裡，我已經在喝餐後咖啡整理心情時，綾瀨同學舉起雙手，發出有些煽情的聲音。

不對，覺得煽情是主觀，當事人應該沒那個意思。抱歉，綾瀨同學。

只不過說到制服，由於夏季服裝比較單薄，一旦伸直雙臂就會掉下半個袖子，裸露在外的肌膚自然隨之增加，無論怎麼控制理性都會意識到那些部分。

不能用那種眼光看人家，很失禮——我這麼告訴自己，讓呼吸平靜下來，盡量試著聊些自然的日常話題。

「告一段落了？」

「嗯。應該說，差不多該出門了。」

「真早啊。」

「今天我先攻比較有效率吧。畢竟早餐和服裝儀容都是我先搞定的。」

先攻，也就是出門的順序。

現實中的義妹，會極力避免做出「從同一個家走同一條路一起上學」這種顯眼的行為。

「這麼說也對。路上小心。」

「我出門了。」

「……啊。先等一下！」

我急忙叫住那個拿好東西，準備走出起居室的背影。

「怎麼了嗎？」她回過頭來。

「上學**途中念書**……」

我想起她上個月邊聽英文課程邊上學差點被大型車輛撞到的事，這麼開口。

翻舊帳或許不值得嘉許，不過就算語帶含糊，我還是沒辦法不把擔心說出口。

「我不會念書。」

她回過頭，斬釘截鐵地說道。

接著，臉頰微紅的她，不太高興地重複。

「而且，我不會犯同樣的錯誤。」

「那就好。抱歉，翻了舊帳。」

「沒什麼。那麼，我走了。」

她別過頭，逃跑似的離開起居室。

……是不是做錯啦？

我一邊用舌頭感受咖啡的苦味，一邊獨自反省剛剛的糟糕溝通。

那段記憶，對綾瀨同學來說還伴隨著努力不想被看見卻被人看見的尷尬。提起這件事會讓她不高興也是難免。

想當一個識相體貼的哥哥，還有很長一段路要走啊。

7月17日（星期五）

我喝了一口咖啡，試圖以苦味敷衍對於自己不夠稱職的感嘆，接著突然想到一件事。

「我記得，一開始她不會想讓人看見自己努力吧？」

剛剛義妹在我眼前做什麼？昨天，她在我面前展現出怎樣的態度？

儘管變化過於微妙導致我起先完全沒注意到，不過和一開始相比，她現在較為願意展現自己的弱點。

儘管腳步緩慢，但我們或許愈來愈接近真正的兄妹了。

即使是升學高中，暑假前依舊會顯得鬆懈。

反正隔了長假後也記不住，教師們在教科書進度到一個段落後就停了。自習、複習、嚴重時甚至變為閒聊，形成無法讓人認真的氣氛。

所以就算偷偷在桌下把玩手機，也不會有人責怪。

此刻，我正在遼闊的網路海洋裡徘徊，為有可能是全校最認真念書的綾瀨同學尋找派得上用場的背景音樂。

就這樣到了午休時間。我兩三口解決掉買來當午餐的麵包，默默站起身。聽到椅子聲的丸停止滑手機，抬起頭來。

「喔？你要去哪裡啊，淺村？」

「圖書室。」

我隨口回答。

儘管沒打算去圖書室，但如果老實說自己是要在附近閒晃，感覺會毫無意義地變得有什麼深刻用意，於是我做了點潤飾。

丸只回答「喔，這樣啊」便再度看向手機。我和丸在午休時間經常如此。

雖說我和丸是朋友，卻不是那種隨時都在聊天、三不五時黏在一起的關係。

像這樣按照各自的步調過各自的時間，才是常態。

彼此都討厭過度的束縛和同儕壓力，我想，正是因為這方面合得來，我們才能一直當朋友。

離開教室後，我朝圖書室走去。圖書室並非目的地，然而我走在前往圖書室的路上。

換句話說，我沒什麼目的，只是想走走。

以前打工地點的前輩——讀賣前輩推薦的書裡，寫著「人在走路時比一直坐著容易想到好主意」。

自從讀到這段話之後，我經常照做。因為我很容易受影響。

我邊走邊以手機搜尋可能有科學性效果的作業用背景音樂，同時期待會不會突然有好主意降臨。

當我在走廊上不斷前進，真的抵達圖書室門前時，突然有人拍我的背。

「喂～怎麼啦葛格！」

「……！唔、呼……」

突然的衝擊，嚇得我暫時停止呼吸。我小心翼翼地轉過頭，眼前是一個面熟的女學生。

充滿好奇的開朗笑容，明亮秀髮弄成微捲的時髦女孩。綾瀨同學那位似乎很受歡迎同學年男生歡迎的同班同學，奈良坂真綾。

唯一知道我們是義兄妹的同學年學生。

奈良坂同學就像一隻鑽進櫃子縫隙的淘氣貓咪。大概是剛從圖書室離開的她，手裡拿著幾本書，用一對大眼睛觀察我的反應。

「什麼啊，原來是奈良坂同學啊。我還以為是過路魔。」

「咦～那什麼反應啊！學校裡怎麼可能有那種人！」
「不不不，正因為不知道會在哪裡碰上才叫過路魔。就算大家認識也不能突然發動攻擊喔。」
「咦～我覺得表示友好的肢體接觸很普通啊～」
「奈良坂同學平常都這樣嗎？」
「對啊。」
「對綾瀨同學也是？實在不太能想像耶。」
「對沙季也是！她嘴巴說『很煩耶』卻很高興喔。」
對方顯然是討厭她這麼做。
「她是在嫌你煩喔。」
「而且俗語說，嫌人家煩其實是喜歡。」
「沒這種俗語啦。還有，這種想法到最後會變成性騷擾，注意一點比較好。」
「呃，為什麼我會被男生拿性騷擾的事來說教啊？」
「女性對男性的性騷擾一樣成立。」
「唔唔。淺村同學講的話和沙季差不多。」

既然人家都講了，拜託妳改正。

「不過要這麼說的話，你不是也邊走邊滑手機嗎～淺村同學也有罪！有罪！」

「偷換論點……」

「真是的，不要馬上就用那種知識分子的口氣講話！」

奈良坂同學不高興地鬧起彆扭。

突如其來的肢體接觸、惱羞成怒的態度、吹毛求疵的指責。明明不管哪一點都很容易令人排斥，卻不知為何讓人無法討厭，不知是因為她嬌小的外表，還是她說話的方式。雖然不知道，不過這大概就是她特有的魅力？別人要是隨便模仿她，應該會被眾人排擠吧。

會受同學年男生歡迎的理由，似乎就在這裡。

「妳來看書啊？」

一直責備人家也不太好，於是我轉移話題。從她懷裡那幾本書的尺寸和書背看來，似乎是以少女為客群的文庫版小說。

「這些啊，因為期待的新書進了，所以我一併借走啦。暑假也快到了嘛！」

「原來是借書派嗎？」

身為在書店打工的人，比較希望要看書就去書店買，不過各人狀況不同吧。一來每個家庭的零用錢不一樣，二來擁有那本書的欲求多強也因人而異，我並不認為自己的價值觀絕對無誤。

「畢竟考試期間都在忍耐嘛～那就一口氣讀完吧！大概是這種感覺嘍。」

「啊哈哈。要是這麼做，補考就——」

「不會不會，我從來沒考過不及格啊。」

「喔？」

「我總分８０８喔。哼哼……」

「咦？」

我不禁發出聲音。

奈良坂得意的表情，瞬間塗上不滿的顏色。

「啊～！你剛剛驚訝了！我平均接近90分，讓你很意外對吧！」

「……非常抱歉就是這樣沒錯。」

我老實招認。

「真過分～我可是在全學年名列前茅的人耶～」

「只靠印象評斷一個人不好……我會好好反省。」

「意思是你印象中的我很笨對吧！淺村同學，你意外地是個毫無自覺的Ｓ？」

「我完全沒有這個意思……」

就算說這種話，大概也沒什麼說服力。「毫無自覺」這個詞，真讓人難以回嘴。

奈良坂同學把臉湊上來。

「如果你還有些許歉意，就告訴我一件事。」

「咦？呃……行啊。」

「你剛剛邊走邊滑手機，是傳訊息和沙季情話綿綿對吧？」

「沒有耶。」

「咦～真的嗎～因為沙季今天也一直在滑手機，我還以為你們是不是快要在一起了呢。」

「真是誇張的誤會。」

我想，她大概只是在查名作小說的解說。

真要說起來，明明知道我和綾瀨同學真正的關係，為什麼還會有這種念頭啊？剛成為兄妹的男女根本不可能發展成情侶。

「只是在找東西而已啦。」

「找東西？」

「請看證據。」

奈良坂同學疑惑地歪頭，我亮出手機的搜尋畫面給她看。

「作業用背景音樂。為什麼要找這種東西啊？」

「呃……這件事的原因在於啊——」

玩弄小聰明想蒙混過去的我用上無謂的客氣口吻。不過，我很快就改變想法，認為沒有敷衍的必要。

「我想介紹給綾瀨同學。」

「介紹給沙季？」

我老實地解釋經過。

交談數次之後，我發現奈良坂同學是個很固執的人。

如果試圖隱瞞卻被她發現真正的理由，反而容易讓她產生一些「為什麼要隱瞞？」「該不會……」之類的妄想。一開始就告訴她無趣的真相，反倒不會觸動她的好奇心天線。

當然，我盡可能避免提到綾瀨同學煞費苦心的努力，而是說成在尋找是否有比較聰明一點的方法能夠提升學習效率。

她不願讓人知道自己努力，而我想保全她的尊嚴。

「嘿，為了沙季找音樂。喔～」

奈良坂同學竊笑。

「我認為有話直說別拐彎抹角才能有效溝通喔。」

「喔，真會講～淺村同學，你對自己的溝通能力很有信心？」

「……對不起。」

被戳到痛處了。這完全是我的錯，在這種時候與其胡亂掙扎擴大傷口，還不如趕快道歉。

「是個好哥哥嘛。明明就不用害羞，可以抬頭挺胸啊。」

「不過幫這種程度的忙就擺出一副哥哥的模樣，實在有點……」

「哈，真是正經耶～我可是幫忙做飯就自稱好姊姊嘍。」

「原來妳有弟弟啊？」

以前好像聽綾瀨同學提過，但也可能是我記錯了。

「有喔有喔，有很多。」

「很多個啊。真是大家庭呢。」

「差不多有一百個。」

「咦？」

「騙你的騙你的。是很普通的數字啦。」

到頭來，究竟有幾個啊？儘管很在意，不過嘴巴動得像特快車的奈良坂同學，可不會等待遲到的乘客。在問到人數之前，她已經轉換話題。

「不過，你真的很正經耶。背景音樂之類的特地用搜尋功能這點，就看得出你非常正經。」

「再怎麼說也太誇張了，這樣不是很普通嗎？」

「嗯～？」

她歪著頭，一副打從心底無法理解我在說什麼的模樣。

……竟有此事。看樣子她是認真的。

「不用搜尋，那妳平常是怎麼找音樂的？」

「嗯～沒想過耶。因為我只是靠感覺從自動跳出來的那些裡面選而已～」

「App的推薦功能確實很方便就是了。」

最近的音樂App和短片型社群網站往往有AI推薦功能，會參考使用者過去接觸的作品和搜尋關鍵字，自動在首頁亮出比較接近喜好的內容。

儘管我是個不怎麼趕流行的人，推薦功能多少還是會用到。

「但是，不止這樣吧？還有自己搜尋……」

「我不會喔。」

「啊，是嗎……這樣啊……」

對方若無其事地展現出完全無法理解的價值觀，令我垂頭喪氣。雖然別人有別人的做法，我沒有擅自遺憾的資格，卻還是不禁感到世事無常。

「你看起來很遺憾。」

「雖然完全沒有遺憾的理由就是了。價值觀實在相差太多……就會這樣嘍。」

「光是推薦的那些就很夠了耶~我倒想問問堅持用搜尋的理由喔。」

「只是聽那些自動推薦的，總覺得其中沒有自己的意志，我討厭這樣。」

「喔~」

「……我知道自己很扭曲。」

7月17日（星期五）

所以拜託別用那種純真的眼神看我。

平時總有陰影籠罩可以避免直視的扭曲思考，被有如太陽的奈良坂同學暴露在陽光之下，讓我輕閉雙眼，仰天長嘆。

然而她接下來的反應，對我來說倒是相當意外。

「這樣不錯耶！很讚喔！」

「妳在取笑我嗎？」

「沒有取笑你啦！淺村同學這種堅持自我的感覺，我認為很棒耶。」

「……還真是不敢當。」

這麼會誇獎的人也很難找。我不禁想，現實的陽角大概就是這種感覺吧。

漫畫、動畫、電玩等創作裡的現充、陽角，常常被描寫得很壞。

搭訕女主角的輕浮男子、對美女吹毛求疵的女生小團體領袖，還有對個性陰暗的人冷嘲熱諷或人身攻擊，這類樣板角色我見多了。

當然，我明白這只是他們在創作裡扮演的角色。現實裡雖然同樣有這種人，不過看見奈良坂同學這種正牌陽角，就讓我覺得，應該也有不少人能夠在毫無自覺的情況下做出討人喜歡的選擇。

可愛、聰明，又懂得尊重他人。

不管從什麼角度看，都是無敵。

「我也想聽聽看用搜尋選出來的音樂！」

「喔！」

多了個會採取相同消費行為的同志嗎？真是令人高興啊。

「淺村同學，改天把你搜尋到的推薦音樂告訴我！我再來聽！」

「這樣只是把依賴的對象從ＡＩ換成淺村吧？」

「因為自己找很麻煩嘛。」

看來根本沒有什麼同志。真是令人難過啊。

差別只在於建議來自新方法或舊方法。到頭來還是隨他人的感性起舞。

不過，會對此感到寂寥，終究只是我個人的感想。

奈良坂同學那種思考方式……嗯，也是一種選擇吧。

放學後，我帶著些許憂鬱前往打工地點。

因為排到週五晚班，下午六點左右上班的工作人員，全都要面對地獄。

7月17日（星期五）

當我在更衣室換好衣服，走進辦公室時，正職人員和其他打工人員，表情都像要趕赴戰地的士兵。

其中只有一人例外。

讀賣栞前輩注意到我進門，悠哉地揮揮手。

不愧是自我中心的怪物。即使地獄即將到來也不為所動。

不夜城，年輕人的城市。

大家這麼稱呼澀谷，所以讓人有此地隨時都很擁擠的印象，而實情也沒有偏離想像太多。不過就算是這樣，人潮往來還是有高低起伏。

年輕人會出來逛街的六日不用說，平日則是週一和週五特別誇張。

週一是一直賣到現在的業界最大少年漫畫週刊發售日，只要是書店就逃不掉，所以只能放棄。

至於週五，則還有這家店自己的理由。

澀谷除了是年輕人的城市之外，也是國內名列前茅的辦公商圈，蓋了許多有知名科技公司進駐的辦公大樓。

在１９９０年代後半，雜居大樓的租金還很便宜，聚集了很多年輕的創業者，甚至還有人仿效美國的矽谷，稱呼這裡為Bit Valley。

當時創立的企業成功茁壯，到了現在……以前讀賣前輩推薦給我的書裡這麼寫。

無論如何，這是一間很多上班族會在回家途中光顧的店。週五必然人潮洶湧。

要在忙碌的情況下保持笑容接待顧客，要小心竊賊在人潮裡下手，還要維持賣場乾淨整齊。做完這些慣例的確認之後，我們的戰爭開始了。

「唉……今天負責收銀台啊……」

「你看起來很憂鬱呢，後輩。」

走向收銀台之前，我不禁嘆了口氣。耳朵靈敏的讀賣前輩拍拍我的肩膀。

「那還用說。何況人數增加就代表麻煩的客人也會增加。」

「喂喂喂，你啊，怎麼能這樣說客人呢？」

「這種話，平常不是讀賣前輩在講的嗎？」

「我可不知道喔～」

讀賣前輩選擇裝傻。她輕輕在嘴巴前豎起食指，比了個「噓」的手勢。

臉上閃過疑惑表情的其他打工人員從旁走過，我瞄了他們一眼後心領神會。

今天不是只有我們兩個。也就是說禁止擺出平常那樣的調調吧。

嗯～裝乖。

一頭黑色長髮的大和撫子。「文學少女」這種概念擬人化的結果。十個人裡會有九個人說讀賣前輩是清純的和風美女，不過這是個嚴重的誤解，她的內在近似於愛玩過火下流哏的中年大叔。喜歡書、嗜好是讀書這部分雖是貨真價實的文學少女，然而真相不會與刻板印象完全畫上等號，正是現實的殘酷之處。

「妳啊，真的不會把本性暴露在別人面前呢。」

「因為在大學常讓人家失望，我也累了嘛。只有後輩你知道我的一切喔？」

「拜託別講得那麼可疑。」

「人家明明只是實話實說～」

這人一找到機會就調侃我。

雖然讀賣前輩會擺出這種態度有部分原因在我身上，所以我也沒得抱怨。

這種話由我自己來說雖然有點怪，但是具有「對女性不會抱有特殊期待的較年輕男性」這種屬性的我，大概是打工同伴裡相處起來最輕鬆的吧。

即使自己放輕鬆展現本性，也不會失望或做些奇怪的行為，興起時欺負一下也不會真的生氣。

方便。極度好用。

對於讀賣前輩而言，我這個打工同伴的定位就是如此。

「話又說回來，為什麼妳一臉若無其事的表情啊？妳明明平常都很討厭週五的尖峰時段。」

「哼哼哼。其實，今天我負責整理賣場和清出空間。」

「啊，好奸詐。」

難怪一副遊刃有餘的樣子。

清出空間，就是清出賣場架上的空間，確保隔天進貨的書本、雜誌有位置放。

早上一開店就要把新出的書擺上去，所以要在前一天準備好，這是書店的例行公事之一。這麼做可以避免顧客找不到照理說已經發售的書而回去，藉此確保營業額，不過說穿了，店裡怎麼想根本不重要。

對於我們打工人員，重要的地方只有一個。不用負責結帳，相對輕鬆不少。

「這不叫奸詐喔。做好進貨準備也是工作之一。」

「這個嘛，清出空間確實也有它的辛苦之處就是了……讀賣前輩，覺得累的話要不要我跟妳換？」

「為什麼提這麼過分的要求？」

「好啦，證明完畢。」

放到天秤上之後，果然還是結帳比較討厭對吧？我懂。

讀賣前輩哼著歌，從後場抽屜拿出印好的進貨清單，踩著輕快腳步走向賣場。

可惡的前輩。我半開玩笑地在內心埋怨，朝收銀台走去。

接下來的工作是地獄。

客人、客人、客人。結帳、結帳、結帳。詢問、詢問、詢問。

儘管忙得讓人頭昏眼花，不過我早已知道攻略方法。

無我境界。就像把零件裝到從輸送帶右邊流往左邊的機械上一樣，不帶感情、淡淡地應對顧客。這麼形容或許顯得失禮，不過我應該還是有擬態到不至於讓人覺得是流水線作業才對，沒有人跑來抱怨就是證據。

時間就在忙碌中一分一秒流逝，回過神時已經是晚上九點。下班時間到了。

「我先走一步了。」

「啊，要回去啦……唔，已經這個時間了嗎？週五時間過得真快呢。」

「是啊。」

「我也要休息一下。後輩，換好衣服之後來休息室一趟。」

「咦，為什麼？」

「因為我很閒。」

「咦咦……」

「有什麼關係嘛，一個人吃便當實在很寂寞耶。我想拿你和可愛妹妹的相處體驗當配菜～」

「拜託別拿人家的生活當娛樂……唉……」

面對讀賣前輩刻意裝出來的撒嬌眼神，我深深嘆了口氣。

看樣子，我遠比自己想的還要容易屈服。

「知道啦。不過我和妹妹之間沒什麼特別的體驗可講，相對地我有些事想找妳商量。」

「喔？這倒是令人很感興趣。」

至少別被單方面壓榨，要拉抬到互利關係維持雙方對等。

我只能做到這種程度的抵抗。

書店的後場分成倉庫、辦公室、男子更衣室、女子更衣室、休息室五個房間。由於和賣場有段距離，所以這裡幾乎聽不到顧客的聲音和店內放的音樂，不過隨時都能透過監視攝影機看見店內的狀況。

在更衣室換完衣服的我前往休息室，看見坐在鋼管椅上的讀賣前輩，宛如一團融化的冰淇淋般趴在桌上。

「整個人都融化了呢。」

「當然會融化嘍。店裡人口密度太高，冷氣完全沒效果。」

「感覺連空氣都變稀薄了對吧。不過逃避結帳的人沒資格抱怨喔。」

「咦～人家才沒有逃避～」

「我知道，開玩笑的。」

「後輩真是壞心眼。對女孩子必須溫柔一點喔？」

「我崇尚男女平等。」

讀賣前輩擺出和成熟大姊姊外表不相稱的小學生態度鬧脾氣，我則是無奈地敷衍她。要奉陪這種隨性到極點的人，我也需要適度地隨便應付一下。

如果太認真面對，會被沒完沒了地調侃甚至牽著走，必須小心——坐到正對面的同

時，我也在腦內複習讀賣前輩的使用說明書，

……物理性面對沒問題，這部分倒是不用擔心。

「後輩太小看清出空間這項工作了。它和結帳有不一樣的辛苦之處喔。」

「我知道。不過我也知道，讀賣前輩覺得那邊比較輕鬆。」

「不不不，相當累喔？要拿著沉重的書本一下蹲一下站，我的腰都快斷了。」

「太誇張了……」

「真的啦。具體來說，下半身差不多就像和戀人徹夜享樂的隔天一樣痠痛。」

「就算用奇怪的譬喻我也不會上鉤的。」

「嘖。」

讀賣前輩以刻意又可愛的方式咂嘴。

反正是誤導。我很清楚，那是陷阱。

如果太過激動地反對下流哏，她就會用「想太多啦，你在意識什麼呀，後輩」來調侃我；如果好奇地問是不是親身經歷，她則會笑容滿面地用「原來你很在意啊？」來戲弄我。

有反應，就等於輸了。對付這招的最佳手段，就是冷淡地敷衍。

「唉，如果真的腰痠背痛，去按摩怎麼樣？之前聽亞季子小姐說過她去某家店的經驗，可以告訴妳在哪裡喔。」

「亞季子小姐？」

「啊，抱歉。沒血緣的母親。新妹妹的媽媽。」

「啊～原來如此原來如此。」

這麼說來，我雖然找她商量過父親再婚以及和新妹妹一同生活的事，卻幾乎沒談到新媽媽的話題。

亞季子小姐也是站著工作，所以身體保養不可或缺，偶爾有機會在起居室聊天就會告訴我這類情報。

將「健康」這張牌放進聊天牌組裡，在這種時候就很方便。

「一間在道玄坂的指壓店……找到了，妳看這裡。好像有不少人推薦喔。」

「唔，真複雜。」

「會嗎？就地圖上看來，好像沒那麼難走。」

「不是講怎麼走。我可是正值青春年華的大學生喔？再怎麼說，應該都還沒到需要仰賴按摩的年齡嘛。」

「『青春年華』這種形容，本身就已經不年輕嘍。」

「穿幫啦？抱歉一直瞞著你，其實我是個老太婆，受到詛咒才返老還童。」

「能不能別突然塞進莫名其妙的設定啊？」

「啊哈哈。後輩真是個義正詞嚴吐槽犀利太郎呢。」

「這什麼綽號啊……前輩才是突謊子小姐吧？」

「嗯～可惜。把突然說謊簡化為突謊的修辭美感雖然不差，不過沒辦法讓普通人立刻了解的哏要扣分。」

拜託不要擅自為對話裡自然產生的詞打分數。

這個論點確實有理，所以雖然只是閒扯，卻還是對我造成了打擊。

毫不掩飾這種想法的我微微皺眉。可能是對這種反應很滿意吧？壞心眼的讀賣前輩愉快地呵呵笑，並且打開便當。

說是便當，不過也只是在便利商店買的飯糰和迷你沙拉。儘管令人擔心分量夠不夠，不過仔細一想，在綾瀨同學幫忙做飯之前，我吃的也差不多。

「既然妳開始吃飯了，那麼諮商時間可以開始了嗎？」

「行呀，要談什麼都可以。」

「其實……」

雖然讀賣前輩擺出一副高高在上的態度讓人有點意見，我依舊把吐槽吞回肚裡，將整件事娓娓道來。

儘管該保護綾瀨同學的隱私，說明時依舊不能有所缺漏，因此我對情報做了一番精確的取捨。

等我將一切交代完畢之後，讀賣前輩竊笑。

「喔～？為了妹妹，要協助她提升學習效率啊？」

「有什麼好方法嗎？希望能從成功考上大學的前輩這裡得到一些建議。」

「後輩現在是從『作業用背景音樂』這點著手調查對吧？」

「嗯，雖然還沒找到感覺對的。安定的音樂集很多，但我總覺得以學習效率來說還有更好的選擇。」

「啊，那我倒是有推薦的。前陣子我也想聽些容易集中精神念書的音樂，所以找了不少。」

「喔！麻煩讓我聽聽看。」

「呃，在哪裡呢……啊，找到了。你看這個。」

讀賣前輩隨手操作了一下自己的手機，亮出YouTube頻道頁面。

那個前輩已經訂閱的頻道，畫面是由日本風格的動畫圖構成，不過用的完全是英語，看來不是由日本人經營。

雖說是動畫圖，但與其說是御宅族取向不如說比較偏次文化，宛如一間精心裝潢的酒吧，全都是些能讓心靈平靜下來的圖。

「真厲害，播放數超過一千萬，明明長達一小時以上。」

「很厲害對吧。雖然也和同一個人會重複播放很多次有關，但是二十四小時不間斷的直播也有三萬人同時收看。」

「哇，真的。那些留言，幾乎都來自英語圈的人。」

「沒錯沒錯。我想在日本應該還沒那麼有名吧。」

「連還沒登陸的音樂類型也有呢。和一般音樂有什麼不同？」

「百聞不如一見，要聽聽看嗎？」

說完，讀賣前輩打開從手提包裡掏出的盒子，拿出無線耳機遞給我，說了聲「來」。

「咦？」

我頓時愣住。

猜不透她這麼做的意圖。

與他人分享的行為有很多種，把自己的耳機塞進他人耳裡，大概是門檻最高的那一類。

就算是能夠吃同一個盤子的菜、用同一間浴室、用同一台洗衣機的綾瀨同學，也沒和我互借耳機過。

然而眼前的讀賣前輩，對於這種行為好像沒有半點疑問，一副「這很普通」的口氣。

「你會想用比較好的音質確認吧？」

「啊，是。也對……」

她講得這麼自然，反倒顯得我太過在意，感覺很丟臉。

看來不是在調侃我。

抗拒得太徹底反而會強化罪惡感，於是我就像個初次嘗試用火的原始人一樣，小心翼翼地接過無線耳機。

話雖如此，我依舊不想把這玩意兒塞得太深，因此只有淺淺一放，維持在聽得到聲音的程度。連冷汗都冒出來就能證明我實在膽小，我自己也很無奈。

然而，緊接著。就在聲音接觸鼓膜的那一瞬間。

「就是這個……」

我脫口而出。

方才感受到的邪念，全都沖得乾乾淨淨。

首先聽到的，是雨聲。雨滴接連打在盛夏綠葉上的聲音。弛放系的悠閒音樂，從近似雜音的環境音縫隙之間漂過。若要問音質好壞，應該偏壞吧。儘管屬於幾乎不認識的文化，卻令人想起觀賞老電影時偶爾會看見的唱片。

「真厲害。我都不知道有這種音樂。」

「低傳真嘻哈（Lofi hip hop）。」

讀賣前輩單手掩嘴，嚥下咀嚼中的飯糰之後說出這個詞。

一個沒聽過的詞。

「嘻哈，是嗎？類似ＨＥＹ、ＹＯ那種的。」

「啊哈哈，不是不是。」

我比出饒舌歌手那種手勢，引得讀賣前輩一陣發噱。

看樣子，我這一問差得遠了。

「之所以叫做嘻哈，只是因為它重視節拍。低傳真啊，和一般印象中的嘻哈完全不一樣喔。」

「原來如此。」

「雖然是現代風格的弛放節奏，卻故意用特效弄成老式風格，不斷重複治癒系的曲子對吧？」

「麻煩您用日語解釋。」

「總之就是好聽的音樂。」

一句話，總結得簡單易懂。

我是個感性只有平均水準，對於外來專有名詞缺乏耐性的人，能這樣說明說真的幫了個大忙。

「這類音樂似乎在海外很流行。特地混了雜音的低音質音樂，反而有種能讓人心靈平靜的懷舊感，常在念書、睡覺時拿來播放。」

「喔，正是我要的那種。讀賣前輩果然博學。」

「因為我是個老太婆嘛，呵呵呵……」

「這個哏妳打算用到什麼時候啊？」

「用到無味為止。」

「從一開始就無味無臭啦。」

「這就要看我自己什麼時候心滿意足了，後輩你可沒有判定的權利喔？」

「唔，這麼一講確實難以反駁。」

「想挑戰最會辯論的前輩，要先做好相應的心理準備喔，後輩。」

「……了解。」

實際上，懂這麼多雜學的前輩雖然像個有智慧的老奶奶，不過我希望她能夠表現得穩重一點再這麼宣稱。

「不過，妳是怎麼找到低傳真嘻哈的？海外才流行的音樂，應該沒那麼簡單就能找到吧？」

「唉呀～沒什麼大不了的啦。偶然試著點下YouTube的推薦影片而已。在那之後，念書變得順利不少喔。」

「留言的內容幾乎都是音樂，看不太懂……但是感覺有種溫馨的氣氛。」

「看得出來？」

「『感覺』就是了。」

「不愧是後輩，感受性很高呢。沒錯，這個頻道和你猜的一樣，成了網路上的休憩場所喔。它就像一間偶然經過的酒吧。」

「酒吧，是嗎？」

我反射性地重複這個詞。

如今我的天線，對於「酒吧」這個詞過度靈敏。

剛成為一家人的義母就在酒吧工作，會這樣也是理所當然。

「電視劇裡不是常有嗎？大人們覺得難受時就會去這種地方。在一間氣氛能夠讓人平靜下來的店裡，向別人吐露自己的煩惱。」

老爸和亞季子小姐也是這樣相遇的吧？我只從兩人口中聽過他們的初識，據說始於亞季子小姐照顧內心脆弱到會醉倒的老爸。

在休憩的地方、尋求治癒的地方，兩人相遇。這麼一講，或許他們真的有一段非常美好的邂逅也說不定。

「雖然很嚮往那種情節，然而現實意外地浪漫不起來，對吧？」

「我不喝酒，這種事妳問我，我也不知道。」

「嘖。」

「為什麼是這種反應？」

「本來以為能抓到你未成年喝酒的把柄。居然沒上鉤，還真有兩下子。」

「妳在和什麼戰鬥啊？」

看見讀賣前輩不滿地吸了一口紙盒裝的茶，我突然有個疑惑。

「這麼說來，前輩妳已經到能喝酒的年齡了嗎？」

「真沒禮貌。我都已經是老太婆的年紀了，你覺得不能喝嗎？」

「年紀大到沒辦法喝的可能性很高喔，要是有什麼痼疾……」

「唔……不簡單，你辯論很行呢。」

「順帶一提，由於吐槽也沒用，所以妳繼續用老太婆哏我也不會管了。」

「嘖。」

又是這種反應。看樣子她真的很想當老太婆。

不用擔心，不久的將來就會是了——我可不會講這種多餘的話。我自認還知道要把這種話藏在心底。

在那之後，我訂閱了幾個推薦的低傳真嘻哈頻道。

前輩大概是相當中意這種音樂吧，說明時很開心，聲調比平常高出一個八度。看著她的側臉，不禁有股笑意湧上心頭。

「哈哈……」

「嗯？喂，你是不是看著人家的臉在笑啊？」

「抱歉，私人理由。」

不能怪讀賣前輩。

之所以笑出來，是因為注意到一件連自己都感到無奈的丟臉事實。

——此時此刻，我正靠著讀賣前輩的推薦選曲。

曲子是YouTube推薦給讀賣前輩的，選了這些讀賣前輩推薦的曲子，就代表我和奈良坂同學沒有任何差別。哪有什麼堅持。

抱歉，奈良坂同學。妳是對的。

今天回家路上，腳步久違地輕快。畢竟有了能送給綾瀨同學的伴手禮。

先前一直沒有配得上她每天做飯的成果，說是互相幫助卻感覺自己受惠太多。

有這個，就能抬頭挺胸吃綾瀨同學做的晚飯了。

7月17日（星期五）

一打開起居室的門，便有股令人食指大動的香氣飄來，甚至讓人覺得是在歡迎我回家。

「我回來了，綾瀨同學。」

「你回來啦，淺村同學。」

便服上套了件圍裙的綾瀨同學，正在開放式廚房加熱鍋裡的東西。

雖說近來幾乎每天都看得見這幅畫面，然而不久前還是外人的女生在自家像個家庭主婦一樣忙碌的模樣，依舊令我不太習慣。

儘管也有部分原因是在於緊張，不過更重要的是，讓人家為自己操勞這點令我非常愧疚。

要是綾瀨同學聽到我這番真心話，大概會說「彼此彼此，別在意」，不過我這份心情發自肺腑，所以也無可奈何。

「該不會綾瀨同學也還沒吃晚飯？如果是等我的話，我得說聲抱歉。」

「沒關係，反正我在念書。」

「這樣啊。飯菜讓我來端，稍等一下。」

「嗯，謝謝。」

不是「幫忙」，也不是「好心」。

我的提議是理所當然，綾瀨同學也沒有婉拒，用一句簡單的道謝表示接受。

我認為至少形式上要維持分工合作，否則兩邊會失衡。她也了解、記得我的這種看法，因此有了這番互動。

我回到房間放下背包，到洗手間洗手、漱口之後，小跑步前往起居室。

「飯碗、湯碗、盤子各兩個就行了吧？」

「不用盤子。還有麻煩不要拿一般裝味噌湯用的碗，換成用來裝烏龍麵那種比較大的行嗎？」

「了解。也就是說，今天是豬肉蔬菜味噌湯？」

「很遺憾，是牛雜鍋。」

「喔？這個妳也會啊。雖然它給人的印象不太像夏天的食物。」

「我看到它能預防中暑的情報。你打工應該很忙又很消耗體力，我想偶爾吃點這種東西也不錯。」

「夏天的牛雜鍋啊……聞起來很香，能刺激食慾呢。」

「對吧。火鍋由我來盛，飯可以麻煩你嗎？」

「當然。」

我把大碗遞給綾瀨同學，自己則是打開飯鍋，將飯匙插進剛煮好的米飯裡。

在盛飯的同時，獨特的醬油香氣也從火鍋那邊飄來，舌頭自然而然地分泌不少唾液。

雖然綾瀨同學的廚藝一開始就很好，不過可能是幾乎每天做飯的關係，感覺她的手藝每天都在進步。

飯菜端上桌之後，我們相對而坐，雙手合十。

「我開動了。」

「我開動了。」

明明沒有約好，聲音依舊重疊。

或許是錯覺吧，總覺得，最近我們連拿著筷子、雙手合十的姿勢都很像。就連是誰受到誰的影響也不清楚，不知不覺間，已經自然地變成這樣。

一邊體會到同居生活影響的我，沒多想就用舀了一匙湯送進嘴裡。

「啊，好喝。香甜又順口。」

「這樣啊，那就好。這是正統的博多風味。我原本擔心太濃，看來沒問題。」

綾瀨同學露出微笑，似乎鬆了口氣。

不誇張，在口中擴散的味道非常合我的喜好。老爸吃了可能會有點消化不良，但是他已經聯絡過我們，表示今晚會在外面吃飯，所以沒問題。而且，我想綾瀨同學就是因為知道，才會端出這種菜單。

「妳特地調整成符合我喜好的口味對吧？多謝妳一直以來的關照。」

「……這個嘛，嗯。每天都聽得到感想，拿來當參考，自然而然就這樣了。」

「妳這麼努力，我能回報的卻不多，真是抱歉……若是到昨天為止的我，就會這麼說。」

「咦？」

我刻意賣了個關子，綾瀨同學當場愣住。

我拿出手機啟動YouTube，打開才剛訂閱的低傳真嘻哈頻道頁面，然後點選其中一個正在二十四小時直播，標題寫著「radio」的項目。

瞬間，悠閒、和緩的音樂響起。這首曲子和那些強行吸引注意力的音樂正好相反，具備融入日常生活的包容力。讓人頓時有股迷失在靜謐森林之中的感覺。

綾瀨同學想必也一樣吧。她盯著播放音樂的手機看，一雙眼睛宛如要調整光圈似的瞪大。

「這是……」

「總之先聽聽看。」

「啊，嗯。」

在我的建議下，綾瀨同學閉上眼睛。

靜靜聆聽一會兒之後，她感嘆地吐了一口氣。

「真不錯。這是什麼類型？和一般的治癒系有些微妙的差異對吧？」

「低傳真嘻哈。試著拿來當念書時的背景音樂，怎麼樣？」

「啊……這樣啊，原來是那個。」

她露出心領神會的表情。看來是明白我為什麼在吃飯時突然談起音樂話題了。

「以前沒聽過這種類別。真虧你曉得呢。」

「其實我也是第一次聽說。在打工前輩告訴我之前，我完全不知道。」

「啊，就是那個人吧？文學少女大姊姊。」

這麼說來，以前……對，應該是上個月吧？我曾經提過讀賣前輩的事。

還記得，綾瀨同學打趣地說「我覺得她和淺村同學很相配」。儘管這句話應該是指我們兩個都愛讀書，不過那人總是我行我素，真的交往感覺會很累。

讀賣前輩也是，她喜歡玩弄我這種人，但應該不會想找這種人當男友。雖然我沒問過她對於異性的喜好，不太清楚真相如何。

「對對，說好消息都是來自她或許也不為過。」

「你們感情很好嘛。」

「因為班表經常排在一起……綾瀨同學？」

我突然覺得不太對勁，於是喊了她一聲。

明明我們對話時都會看著彼此的眼睛，剛剛卻好像有一瞬間她別開了目光。

「……咦？什麼事？」

從我呼喚她到出現反應為止，也有一段不短的延遲。

「沒事吧？看妳整個人愣住，該不會是用功過度累壞了？」

「啊～不，沒事。只是聽音樂聽得出神而已。」

確實，低傳真嘻哈音樂還在播放，不過真的只是這樣嗎？

我知道她容易逞強過度，所以會擔心。如果只是杞人憂天當然再好不過。

「讀賣前輩，是嗎？她不但很會挑書，連選音樂的眼光也很好呢。」

「感覺已經超過『因為是大學生所以經驗豐富』的程度。也不曉得她見多識廣到什麼地步，感覺深不可測啊……」

「真酷。」

「本人和這個詞完全相反。」

我倒覺得綾瀨同學才適合用這個詞形容。讀賣前輩應該往更……像是沒頭沒腦、幽默之類的方向。

我這麼訂正之後，綾瀨同學輕笑出聲。

「不管怎麼樣，都是個很有意思的人。」

「這點可以保證。」

很可惜沒機會介紹讀賣前輩給她認識。畢竟我們沒熟到會私下約出來玩，她也不可能像奈良坂同學那樣來家裡。雖說工作的書店在生活圈內，但是以客人身分遠遠看絕對不會明白她有多特殊。

遺憾。

想到這裡時，原先在我面前滑自己手機的綾瀨同學，將手機畫面轉給我看。

「我已經訂閱頻道了。」

7月17日（星期五）

「真的耶。判斷好快。」

「別看我這樣，其實我是個信任直覺的人。我認為低傳真嘻哈非常適合當念書用的背景音樂。」

「如果沒有效果，可以乾脆地放棄喔。」

「我知道。不用擔心，我絕對不會因為顧慮別人而束縛自己。總之先試試看，能用就用，微妙就放棄。」

「嗯。妳能保持這種立場，我也比較安心。」

遇上煩惱時不會自己抱著而會找我幫忙，卻又不會依賴過度。對於現在的我來說，這種距離感最愜意。味道濃厚卻不會讓人消化不良的牛雜鍋，彷彿象徵著這種關係。

雖然這種形容方式，在讀賣前輩眼裡大概會因為不夠洗鍊而被扣分。

先吃完的是綾瀨同學。

大概是趕著念書吧，她迅速解決面前的食物後，拿著手機站起身。

「我今晚念書就試試看。謝謝你，淺村同學。」

「不客氣。啊，碗盤我來處理，妳放進洗碗機就行嘍。」

「嗯。這也多謝了。」

綾瀨同學將兩個空碗拿到廚房，放進洗碗機，活動一下筋骨後輕聲說了句「好」，隨即回自己房間。

希望準備補考的她，念書效率能夠有所提升。我在內心聲援她的同時，也細細品嚐她抽空準備的美食。

——加油，綾瀨同學。

7月17日（星期五）

7月18日（星期六）

眼睛深處感受到痛楚的我，微微睜開眼。

夏日陽光穿過沒拉好的窗簾縫隙，照在我臉上。雖然多虧有空調，不會覺得熱就是了。

難怪很刺眼。

我看向枕邊的時鐘。數字的最後一位就在這個瞬間變化，顯示著08：33。

為什麼在看向電子鐘的瞬間，往往會出現相同的數字呢——腦袋某個角落閃過這種模糊的念頭。

——嗯？八點……過三十分了？

已經到了稱不上早起的時間。雖說是假日，依舊有點睡過頭了。

這麼一來，說不定大家都吃完早飯了。想到這裡，我才發現思緒中浮現的詞，是代表複數的「大家」。

換句話說，已經自動把沒血緣的母親亞季子小姐和沒血緣的妹妹綾瀨同學包含在內。我有點驚訝。

共同生活明明只過了一個月左右，在我心裡，卻已經變得理所當然。

我換好衣服，踮著腳走到洗手間，迅速洗好臉、整理好儀容，然後打開通往餐廳的門。

老爸和亞季子小姐面對面而坐，正優雅地享受餐後咖啡。

回過頭看我的老爸，表情有些無奈。

「早安……應該說，你有點慢耶，悠太。」

「睡過頭了。啊，坐著就好。」

後半句的說話對象，是一看見我走進來就放下杯子起身的亞季子小姐。

不過，在我這句話送到之前，亞季子小姐已經迅速用保鮮膜包好放有火腿蛋的盤子，並且放進微波爐裡。

「不需要客氣喔，悠太。」

「呃，沒這……謝謝妳。」

我坐到熱好的火腿蛋面前。旁邊還有一片吐司，加上奶油和果醬。

「怪了？」

我注意到眼前還有另一個沒動過的盤子。

義妹不在餐桌前。這也就是說，綾瀨同學也還沒吃早餐？

「沙季她啊，還在睡喔。」

「啊，原來是這樣啊……真稀奇呢。」

「她今天剛好也睡過頭呢。」

看見亞季子小姐偏頭露出有些困惑的表情，就能明白綾瀨同學會睡過頭相當罕見。

這麼說起來，好像沒見過綾瀨同學比我還晚起床。

根據亞季子小姐的說法，她剛剛瞄了一下寢室，發現綾瀨同學睡得很沉。

「開著空調還露出肚子睡覺，容易感冒耶。真拿她沒辦法。」

亞季子小姐嘆了口氣。我該回答什麼才是正確答案啊？

如果只是校內的女同學，腦袋裡大概會浮現一兩個不該有的妄想吧。有人描述校內首屈一指的美少女睡相如何，沒道理不豎起耳朵聽。

但是，我總不能對義妹有這種反應，造成亞季子小姐的困擾吧？

「今年夏天也很熱呢。」

經過一番猶豫之後，我給了個保險到極點的回答。

「太冷讓人頭痛，但是太熱也很可怕。悠太你也要小心喔，要記得開空調喔？因為待在房間裡也可能中暑。」

我點頭稱是，然後吃起早餐。

很久沒吃到亞季子小姐一個人做的早餐了。

眼前有個特地為我準備的荷包蛋用小瓶醬油，從小地方就能感受到亞季子小姐的體貼。

綾瀨同學也是聽過一次就不會忘記別人的喜好，可能母女都有這種習性吧。

原以為只有火腿蛋和吐司，不過就在我動筷子時，有個杯子「咚」一聲擺到了面前。

「來。還有多的，想再喝要說喔。」

「謝謝……這是濃湯嗎？」

溫熱的白湯裡，混著切碎的湯料。

「蛤蜊巧達湯。味道不喜歡的話不必客氣，剩下也無妨喔。」

「不，沒問題。」

蛤蜊巧達湯，就是那個吧？用牛奶燉煮的蛤蜊湯。這點程度我也知道。杯湯版本的話，我已經沖過不少次了。

「這是亞季子親手做的喔。」

「不需要特別強調親手啦，而且這很簡單喔。」

這一個月以來，我發現一件事。

綾瀨同學和亞季子小姐說「簡單的料理」時，不會親自下廚的我和老爸，實在沒辦法當真。

味道有特地調整過，事前還做了不少準備……這些事只要問綾瀨同學她就會說，所以我每次有機會就試著學。反正學了也不虧。

這些先擺到一邊。我看向杯子，裡頭有許多小到想用筷子夾都得費一番工夫的湯料，包括紅的、白的、透明的。

我用筷子輕輕攪拌，然後杯子一斜，讓湯流入口中。

帶有顆粒的口感在舌上起舞。用牙齒輕輕對著以蔬菜湯為底的牛奶濃湯咬下，湯料受到擠壓，豐潤的滋味隨之在口中擴散。蛤蜊的濃厚滋味裡，混了培根、紅蘿蔔等肉與蔬菜的味道。

「真好喝。」

味道不會太濃也不會太淡。不是我要講場面話，這湯真的很好喝。

「那就好。」

亞季子小姐微微一笑。然後老爸露出一副該歸功於他的得意表情。為什麼要在這時候一臉自傲啊？這也是在炫耀夫妻有多恩愛嗎？我沒興趣拿四十歲男人的得意表情配假日的早餐，因此決定專心吃。

老爸和亞季子小姐則在旁邊聊了起來。

議題則是關於綾瀨同學熬夜的事。

「那孩子啊，看來念書念到很晚。」

為什麼稍微瞄了一下寢室就能知道這麼多啊？

好像是因為，一來筆記本還攤在桌上沒收，二來接在手機上的耳機似乎從耳朵裡拿出來之後就丟在筆記本上。

反過來說，這表示綾瀨同學不喜歡讓人家看見自己的筆記本，也不喜歡耳機漏音被別人聽到。亞季子小姐也明白這些，所以看見攤開的筆記本和沒收拾的耳機之後，認為應該是她一直念書到睡魔壓過學習欲為止。

最後睡魔終於贏得勝利，因此她為了尋求安眠，拋下一切撲向床。

名偵探亞季子小姐的名推理。這番推論多半不會錯。

她應該念得很順吧。希望低傳真嘻哈有發揮功效。

此時老爸突然向我搭話。

「我說啊，悠太。」

嗯？我看向老爸。很抱歉，我的嘴正在享受烤火腿的美味。這樣至少沒有邊吃邊說話那麼沒規矩。

「一個月過去了，怎麼樣，有沒有什麼覺得受拘束的地方？」

「拘束……倒是沒有什麼特別的感覺。」

我解決嘴裡的東西之後回答。

「和沙季處得怎麼樣？」

這回換成亞季子小姐發問。

「呃……」

「悠太，你想想看。在這之前，家裡都只有你和太一兩個男人，結果我們兩個突然搬進來對吧？應該有不少讓你覺得頭痛的地方吧。」

頭痛……嗎？

這麼一說，我就想起一個月前綾瀨同學穿著內衣逼近的那個晚上。那個場面確實讓人頭痛。

熄燈的房間裡，躺在床上的我。只穿著內衣的綾瀨同學，肌膚近在咫尺，亮色系秀髮落向遮住胸口的深色胸罩，低頭用水汪汪的大眼睛看著我……

……一想起這件事，當時的情景就像頂開蓋子湧出似的在腦中浮現。

「怎麼啦，悠太？」

「啊，嗯。沒什麼。沒事，處得很好。」

我對老爸這麼回答，又對亞季子小姐點點頭表示沒問題。同時心裡有些愧疚。

「這樣嗎？那……就好。」

亞季子小姐儘管欲言又止，卻沒有追究，而是問我要不要喝餐後咖啡。

看見我點頭回應，她按下磨豆機的開關。看來豆子已經事先放進去了。老爸狠下心買的夏威夷可娜，香氣隨著落入杯裡的咖啡在餐桌上擴散。

我在咖啡香的陪伴下，悠哉地享受夏季假日的早晨。

7月18日（星期六）

期末考結果發還當週的週六，對於我們高中生來說，大概是最能安心享受的假日起點吧。

不過，我在早上做完功課，等到時鐘過了11點半後，便準備出門打工。對我而言所謂的假日，就是幾乎一整天都能用來工作的日子。

打理完畢，準備出門時，我瞄向綾瀨同學房間的門。

馬上就要12點了。

她還沒起床。

我不想發出太大的聲音，於是小聲向老爸與亞季子小姐道別，然後輕輕打開家門又關上。

一走出公寓，陽光便刺在肌膚上。

陽光熾烈的程度，與其說「好熱」不如說「好痛」。讓我懷疑日本已經不是溫帶而是亞熱帶。

我騎著自行車趕往澀谷站前。清風迎面吹來的瞬間很舒服，但是一停車就會滿頭大汗。

抬頭一看，街頭的溫度計已經超過三十度。

我逃命似的鑽進打工書店所在的大樓。

「呼……啊，好涼快。」

我從運動背包裡拿出毛巾擦汗。止汗貼之類的，碰上這種酷暑只能騙騙小孩。浴巾還比較實用。

在後場換上制服、別上名牌之後，我一邊對同時進來的打工同伴點頭打招呼，一邊走向前場。

「啊，淺村。這些進來的書要上架，能不能幫忙？」

「好的，我知道了。」

店長指著推車對我說道。

今天是週六所以沒進新書。不過，我工作的書店規模不小，進的書沒辦法當天就全部上架完畢。

我打量推車上的紙箱。

「文庫本啊。」

我一邊確認標籤，一邊推著推車在書架叢林中前進。

放文庫本的書架，和雜誌與單行本有段距離，位於接近漫畫的區域。

假日中午，正是踏入大樓的客人們進餐廳吃飯的時刻。我們就是要利用這短短的空檔，填滿有空位的書架。當然，開店之前也有做，這是今天第二次整理。

「啊，你也是剛上工嗎，後輩？」

正在整理書架的女性轉向我。黑色長髮慢了一點才落在臉的兩側。

「是的，剛上工。」

「那麼，就是和我同一個時段嘍。」

說出這句話的女性，有一副端莊高雅的外表，和書店制服相比，感覺和服更適合她。

讀賣栞前輩。

「前輩負責整理書架啊？」

「嗯，對啊。欸，這是新進的嗎？正好。應該在那裡吧？」

「什麼？」

「這個文庫啊……」

她指著整理到一半的書架說道。

「有本書叫《藍色夜晚的縫隙》。」

聽到這句話，我看向紙箱。

「這個嗎？」

「啊，就是那個。」

這本書被分類為所謂的「輕文藝」。

文庫本封面是時下流行的風格，一對比漫畫來得稍微寫實的高中生男女，以月亮高掛的夜色為背景，背對而立。靠讀者這一側的手以情侶的方式交握。應該是戀愛小說吧。

「有幾本？」

「呃……兩本。」

「只有這樣啊……明明訂了二十本耶～」

「這……也訂太多了。」

「反正數量一定會被砍嘛。」

「確實。」

「不過這麼一來，就沒辦法平放啦～」

所謂的平放，就是在書架前約膝蓋高的平台上，將書的封面朝上疊著放。

相對地，另一種擺法則是放進書架，只露出書背。

「這本書，已經出一個月了吧？而且是單行本改出文庫版。還賣得出去嗎？」

改出文庫——也就是發售過單行本的小說，換成比較小的文庫尺寸又賣一次。說穿了就是廉價版。照理說不少人已經買過，而且出了一個月，要是還能賣那可真不簡單。

這麼說來，這本書的標題我有印象。

「它有這麼好看嗎？」

「大概有吧。當然，應該也和拍成電影有關。」

「啊……這樣啊，原來如此。」

難怪我覺得好像聽過這個名字。

這是已經上映的真人電影原作。我把手指從書上挪開，仔細一看，電影宣傳照和電影上映中的標語在書腰上舞動。

之前有留意過，不過近來滿腦子都是和綾瀨同學的新生活以及期末考，所以我完全忘了這回事。

「它還能賣一段時間喔。不過，只剩下一本啦。」

「加起來一共三本嗎……這麼一來，確實沒辦法平放呢。」

按照作者排列的書架上，至少要放一本，所以平台上頂多放到兩本。這麼一來只有一小疊，要是賣掉一本就連疊都算不上，會和旁邊疊高高的其他書有明顯差距。一般來說，這種時候會立起來放，只露出書背。

「可是，我不想這麼做。」

讀賣前輩會說出這種話，想來表示她很推薦這本書。

愈是好賣的書愈會放在顯眼的地方。

這是我在打工中體會到的基本原則。

這種書，就算是平常不看書的人也會買，所以放在顯眼的地方比較親切，而且不這麼做人家就找不到，因為閱讀初學者不會找遍書店的每個角落。相對地，不會大賣但是愛書人喜歡的書，就算放在不顯眼之處，還是會有人找出來。

「就像你這種人。」

「我並沒有特別愛看這種書……」

只是讀的書變多之後，這種書也跟著變多而已。該不會在讀賣前輩眼裡，我是個喜歡怪書的人吧？

「該怎麼辦才好呢～」

「那麼，放到架上但是封面朝外吧。畢竟不是新書。」

「那就這麼辦吧。」

我在擺著同一位作者著作的架上整裡出空位，將三本書封面朝外放到空出來的位置上。如果只有這樣會讓書滑下來，所以下方放了檔板。既然這本書很暢銷，說不定這個週末就會賣光。到時候就沒辦法了。

我一邊將紙箱裡的文庫本小說放到書架和平台上，一邊協助讀賣前輩展示推薦書籍。

「搞定了。」

「這樣啊，這部電影，差不多要下檔了對吧？」

下週開始是暑假。這麼一來，電影院就會上暑假檔。想看只剩下這個週末。

雖然可惜，不過我六日排滿了班。我不禁為自己的大意露出苦笑。

真想看啊——我和整理完書架的讀賣前輩一起回到後場，同時在心中嘀咕。

可能是看出我臉上滿滿的遺憾了吧，讀賣前輩開口說道。

「欸，如果你還沒看，今天下班之後，要不要去看晚場？」

「晚場？晚上的場次嗎？」

原來如此，還有晚場這一招啊。雖然九點以後放映，代表看完已經是深夜了。

「我今天是九點下班。後輩你也一樣吧？」

「嗯，是啊。」

看樣子，讀賣前輩的意思是，她今天的班和我一樣是到晚上九點，明天則是休息，所以能奉陪。

「夜遊就是要趁週六嘛！」

「用詞！」

「咦咦～只是看電影呀～」

所以才說這人難應付，如此刻意的台詞居然能臉不紅氣不喘地說出口。故意讓人覺得別有用心這點，大概也經過一番算計吧。

「只是看電影對吧？」

「當然！」

讀賣前輩微微一笑。該不會是在戲弄我吧？不過，那部電影我也有興趣。

「知道了，反正我也想看。晚點我會聯絡家父。」

「聯絡家父！哇！真是健全的高中生！」

「不，讀賣前輩妳離高中時代也不遠吧？」

「大學生已經是成年人嘍♪」

「也就是說變得不健全了。」

「用詞！」

聽到我的回應，讀賣前輩笑了。

「不過啊，後輩。」

「怎麼樣？」

「如果要聯絡，不是還有更重要的對象嗎？」

「咦……誰啊？」

「妹妹。她會擔心吧？」

「擔心……我想不會。」

因為我深夜未歸而擔心的綾瀨同學——腦中無法浮現這種畫面的我，老實地這麼回答。

「喔，這樣啊？」

她的口氣聽起來話中有話。

算了，在意也沒用。

何況如果立場顛倒，我會覺得沒事擔心一個高中生的行蹤很失禮。綾瀨同學應該也有同感。畢竟綾瀨同學不會做些讓亞季子小姐為難的事。

……儘管想到一個月前的失控夜晚，不過我認為那是例外。

休息時間，我聯絡老爸，告訴他我會和打工地點的前輩看晚場電影後才回去。

『和女孩子約會嗎？』

老爸興奮的聲音傳回我耳裡。

「只是看電影而已啦。」

『悠太終於也像個男孩子啦……』

我覺得這種事不需要講得那麼感動。話說回來，我本來就是男孩子。

『不過你還是高中生，夜遊要適可而止喔。』

「就說不是了啦。」

我回答完便掛斷電話。

雖然老爸既沒有責備也沒有制止，講話聽起來像是放任不管，不過這是因為他信任我。正因為如此，我不能背叛他。儘管不希望受到期待，但我也不想背叛養育我長大的老爸。

掛斷電話之後，我看著手機畫面，在想是不是該也傳個ＬＩＮＥ給綾瀨同學。

不，應該是多餘的吧。今天一整天父母和綾瀨同學都在家。既然如此，只要聯絡家人之一就沒問題了吧。

只是和打工地點的前輩去看電影而已，我們的關係也沒密切到要把動向交代得這麼清楚。更重要的是，綾瀨同學如果在念書，搞不好會被打斷。這樣更糟。

下班時間到，我把制服換掉，然後被讀賣前輩拖著離開職場。

一走到風還有股暖意的室外，身上便開始冒汗。今晚大概也是個熱帶夜吧。

從大樓縫隙仰望可見的天空雖然已是一片漆黑，澀谷街道各個角落的燈火卻都沒有消失。

這就是所謂熱鬧不止的不夜城吧。對於我這種陰角來說，這裡的夜晚實在太有活力了。感覺坐立難安。

若是平常，我會立刻騎上自行車飆回家。沒想到會和比我年長的美女一起走在夜晚的街道上。

這麼說來，我或許還是第一次待在這麼近的位置看讀賣前輩穿便服的模樣。

上衣顏色明亮清爽、材質柔軟。波浪裙的裙襬隨風飄動，裹著黑絲襪的纖足儀態優雅。

外型和澀谷的陽角辣妹們不一樣，顯得十分穩重——只要不開口說話便像個大和撫子，若問是顯眼或低調該屬於後者，但從另一個角度來看確實能感受到她對於穿著打扮的注重，我想或許也能從這點一窺前輩的內在。而且，讀賣前輩畢竟是個大學生啊，在我眼裡她已經是一位成熟的女性。

突然間，我想起綾瀨同學在家時的便服模樣。

儘管髮色依舊顯眼，不過她會把手鍊和耳環都拿掉，臉上的妝也會卸掉。

話雖如此，不過大概是基於她的個人原則，就算現場只有我們這些家人，她也不會像漫畫、動畫裡那樣展現出「在家都穿體育服，非常邋遢」之類的落差。

和平常一樣。昨天看到的那件家居服，是衣袖與下襬有白色線條的深紅色白領連身裙，感覺直接穿著出門也行。

對她來說，衣服就是武裝。她大概不想在攻擊力和防禦力上鬆懈吧。

走在我前面的前輩，停下腳步轉過頭來。

「你啊你啊，和女性走在一起的時候，不可以想些多餘的事喔？」

「啊，是這樣嗎？」

聽到我這麼回答，前輩先是露出正經的表情，然後揚起嘴角。

「這個反應不錯耶~很真實的高中男生。」

「就算妳說很真實也……」

到底哪裡真實了？我完全搞不懂。

「明明是王子，卻沒有給個會讓公主開心的反應這點嘍~」

「……我是不是該道個歉？」

「沒關係呀？平淡的反應才像你。這麼一來，我也不用太顧慮你的感受，樂得輕鬆。」

我一時語塞，無法回話。

確實，我不喜歡顧慮人家的心情，也不喜歡讓別人顧慮我的心情。不過，以前從來沒有人當面對我提這件事。

不，綾瀨同學提過。

「好啦好啦，沒時間嘍，動作快。」

前輩再度邁步。

在擁擠的街道上度過數分鐘之後，我們抵達電影院。

「後輩，我去買票，飲料可以拜託你嗎？」

「行啊。那麼，帳就等之後一起結。要喝什麼？」

「健怡可樂……有什麼好笑的啊？」

「看電影配爆米花和健怡可樂？」

「我認為經典組合很重要。」

「了解。想要什麼口味？」

「焦糖一擇！」

我不禁笑了出來，讀賣前輩則是微微鼓起臉頰走向售票機。她意外地喜歡甜食啊？還是說受到什麼東西的影響？

我目送她離開之後，轉身去買她要的東西。當我抱著飲料和裝爆米花的紙盒回頭時，正巧看見前輩揮著手跑過來。

「是四號。」

「了解。」

「要我來拿嗎？」

「不要緊。相對地，票就麻煩了。」

「好～♪」

我們通過剪票口，尋找四號廳。往人潮看去，處處可見一男一女的組合。

前輩輕聲說道。

「情侶果然很多呢～」

「畢竟好像是愛情片嘛。」

走過沉重的隔音門，進入彷彿將室外夜色帶進來的放映廳之後，我和前輩的對話瞬間中斷。真是不可思議。這種氣氛轉換，或許就是來電影院的意義所在。

對話音量就此降了一級。

我們尋找自己的座位。位置所在區域，是正中間前面沒座位的那一排，最前排那區往上走一層之後的第一排。移動途中不需要擔心踢到其他觀眾的腳。

「因為會踢到前面的座位嘛，我不喜歡顧慮太多。對這個座位不滿嗎？」

「不，完全不會。沒問題。」

「那就好。」

我把飲料放進杯架，再將爆米花遞給前輩。

「呵呵，桶裝！你很懂嘛！」

「會太多嗎？」

「後輩，你當然也會吃吧？」

「我在看電影的時候不吃東西也無妨，別客氣盡量吃。如果有剩，我看完之後再吃。」

「怎麼這樣，一起吃啦～」

說著，她把腿上的爆米花桶歪向我這邊。我在看爆米花的同時，必然也會隔著裙子看見讀賣前輩的大腿。

「我不客氣了。」

不過嘛，這也算不了什麼。頂多就是把注意力放在爆米花上而已。

所謂的現實，偶爾需要把某些事看待得雲淡風輕。

我捏起一顆沾了焦糖的爆米花放進嘴裡。好甜。但是，不至於甜到吃不下去。我向來不在看電影時吃東西，但是這裡的爆米花很棒，這件事我記住了。

這東西可以拿來配電影。非常可以。

放映廳的照明變暗，我連忙將視線拉回螢幕。

我和前輩不再開口說話。畢竟是來看電影的，這麼做才對。

預告片開始了。

似乎是機器人和忍者不知為何打起來的真人電影配音版。

「感覺很有趣耶……」

我悄聲說道，前輩也把音量壓到最低回應。

「是啊……這部片啊，是三部曲的第四部喔……」

「三部曲的……四……咦？」

「不可以追究……給人家留點面子吧……要開始了呢。」

前輩將食指豎在嘴前。我們同時噤聲。

正片開始。

根據電影上映前看到的海報介紹，這是一部賺人熱淚的片。

儘管如此，開場時卻有很多搞笑要素，讓人懷疑是喜劇。不過短短五分鐘後，氣氛為之一變。

我頓時全神貫注在電影上。

第一個高潮過後，就像是要讓人休息似的插入詼諧橋段。趁機喘口氣的我，看向坐在旁邊的前輩。

讀賣前輩一本正經地盯著螢幕，看不出半點情緒變化。被大螢幕照亮的側臉，沒有笑、沒有哭，也沒有害怕，只是認真地看著畫面。難以想像是那位平常表情千變萬化的前輩。她說「只是想看電影」並不假。此時此刻，我這種小角色的存在，想必已經從前輩腦中徹底消失。

這種感覺，還不錯呢。

而且，我這才注意到，自己正和一位美女一起看電影。

對於一個陰角高中男生來說，這種事根本不該發生在現實中吧？在這裡的我，真的是我吧？感到難以置信的我，將注意力轉回電影上。

得好好看才行，畢竟今晚是來看電影的嘛。

放映廳隨著鈴聲亮起。

我眨眨眼，伸個懶腰，然後深深吐了一口氣。

真有意思的片子。

結尾實在太出人意料，令人有點鼻酸。或許我會去買原作也說不定。

「明天是不是該少吃一餐啊……」

「咦？」

我聽到聲音後往旁邊看，讀賣前輩拿爆米花桶對著我。裡面空空如也。整桶都吃完啦？

「專心看的時候，手不就會機械性地一直動嗎？」

「我知道妳的意思，但是很難理解。」

「當初是不是該交給後輩保管啊～」

「我原本還以為，連我都沒辦法一個人吃完這麼多。啊，我來拿吧。」

正準備起身而將運動背包掛在肩上的我，從前輩手裡接過爆米花空桶。垃圾就一起丟吧。

「謝謝。」

「飲料杯也給我。」

空杯子疊在一起，等到走出放映廳後一併丟掉。前輩和我就這麼朝出口移動，通過剪票口離開電影院。前往車站的路上，我們邊走邊聊對電影的感想。路上的人還很多，我不禁懷疑澀谷究竟什麼時候才會沉睡。

我在途中的自行車停車場領了車，然後將在旁邊等待的前輩送到車站附近。

「那麼再見嘍，夜已經很深了。」

就在我準備離開時。

「再陪我一下。」

前輩冒出這句話。

然後默默地邁開步伐。

儘管一時之間愣住，我還是推著車跟在前輩後面。我們繞著車站走，某個知名巨大塑像出現在左手邊之後依舊繼續往前，朝著遠離車站的方向移動。

「要去哪裡啊？」

「我把車停在這裡。」

「啊。」

這麼說來，讀賣前輩好像說過她是開車來打工的？汽車啊。一般小客車駕照要等年滿十八歲對吧。讀賣前輩是大學生，有駕照也不足為奇。畢竟她已經滿十八歲……有沒有滿二十就不知道了。

對了，等到明年過完生日之後，我也能考駕照。雖然之前都沒想過這件事。

「後輩要考駕照嗎？」

「嗯～要不要考呢……」

「最近的年輕人啊，對汽車都沒什麼興趣呢～」

「妳說年輕人……前輩……」

「不過啊，就算是這個年代，滿二十歲的男性依然每兩人就有一人擁有駕照喔？怎麼樣？聽了這些還是不想考嗎？」

「既然每兩人就有一人有駕照，那麼支付報酬請人家載就行了。」

我一說出這句話，前輩便張大了嘴巴。我從來沒想過，現實中的人類也會做出漫畫裡那種極度驚訝的表情。

「真是太令人驚奇箱了！」

前輩偶爾會冒出幾句實在不像現役大學生會說的話，就連閱讀量應該比別人多上一點的我也不懂。前輩，妳究竟是在哪裡學到這些話的啊？

「奇怪嗎？我覺得很合理呀。」

「不不不，合理也該有個限度吧。」

「是這樣嗎……這個嘛，為了不要被當成厚臉皮，報酬方面大概得好好想一下就是了。」

「報酬……不，不是這個意思啦。想想看，要送女友回家時，有車很方便呀。」

我完全沒想到這種事。

「不過這麼一來，就得先交個女友，對我這種陰角來說感覺門檻太高了。」

「要是有車，搞不好人家會主動貼上來喔？」

「只因為有車就貼上來的女性，我不太行耶。」

讀賣前輩笑了出來。

「啊哈哈哈，這倒是真的！」

聊著聊著，我們前方出現一小片森林。

森林——不，應該是公園吧。

「那座公園旁邊有座停車場，我的車就停在那裡。」

「離店有段距離呢。」

「澀谷這地方，意外地很難找到剛剛好的停車場。話又說回來，明明都已經換日了，卻還是很熱呢。」

用小手在臉旁邊搧啊搧的前輩說道。

眼前公園裡的樹木，枝葉茂密。

不過，夜晚的黑暗中，綠色和黑色沒兩樣，在後方的都市光源照耀下，看上就像有片黑暗擋在前方。

愈是靠近，光亮愈少，行人也漸漸消失，感覺能理解前輩為什麼要帶我過來。

讀賣前輩迅速穿過欄杆，踏入公園。

園內鋪設的步道，兩旁立有一盞又一盞的路燈。光錐連續不斷，勉強足以照亮我們的腳下。清風搖晃樹葉，讓空氣裡的白晝餘溫略微緩和了點。

前輩與我，漫步在沒有別人的夜間公園裡。

走在旁邊的前輩，突然停下腳步。

「等我一下。」

「啊，好。」

我遵照指示，老實地站在原處。

「你送我一程，我該表示點謝意。」

「咦，不需要啦。」

「不用客氣。」

說著，讀賣前輩走向步道旁的自動販賣機。

長方形箱子的畫面突然亮起，以中性的機械語音說出「歡迎光臨」。

前輩從掛在左肩上的肩背包裡拿出手機。

她按下飲料按鈕，把手機貼到機器上，罐裝飲料隨即「咚」一聲掉到取物口。然後再一次。兩罐都拿出來之後，她將其中一隻手的鋁罐遞給我。

「來。」

「不好意思，多謝請客。」

我單手撐住自行車，伸出右手接下鋁罐。冰涼。看來已經冰得夠久了。

「雙手都塞滿了呢。要不要暫時放在我這裡，先把車立好？」

「這點小事沒問題啦。」

我只用一隻右手就搞定了飲料拉環。

接著就這麼把罐子轉半圈讓開口朝向自己，喝了一口。能感受到流過咽喉的冰涼泡沫落入胃裡。汗水瞬間止住，讓我不禁吐了口氣。好喝。

「哇，真靈巧呢。」

「因為習慣了。」

每次從自動販賣機買東西都要把車停好實在很麻煩，所以我常常騎在車上，用一隻手買飲料。

「糟糕。剛剛該用手機拍下來的。」

「前輩，妳想幹什麼啊？」

「把影片保存下來向全世界公開。」

「我要求保護個人隱私。還有，這點小事沒那麼了不起。」

「會嗎？搞不好意外地能賺到很多播放次數喔？」

前輩露出奸笑，接著突然安靜下來。

「你啊，不但很有意思，而且很溫柔。」

「怎麼啦，沒頭沒腦來這麼一句。」

「嗯。呃……」

她欲言又止。我靜靜等待。

自動販賣機的光亮消失，陰影落在前輩臉上。

彼此都沒說話，深夜裡的公園只剩滿滿的寂靜。佇立不動的前輩後方，能看見宛如黑色墓碑般聳立的高樓大廈。

「那個啊，後輩。我有件事非得對你說不可……」

「……非說不可，是嗎？」

「對。我想說的是……」

我只能等待前輩說下去。因為她的口吻不如往常開朗。現場氣氛沉重，令人難以呼吸。

「其實……我啊，只能再活半年……」

這一瞬間，我愣住了，不知道該怎麼回應。

我腦中模擬過許許多多的回答。騙人的吧？為什麼？出了什麼事嗎？我滿腦子都在思考話中內容，沒注意到前輩這句話的本質。

一時之間說不出話的我，呆呆站在原地，一直看著前輩的臉。

時間一秒、兩秒地過去，原先以試探眼神回望我的前輩，臉上開始滲出尷尬。

「啊……抱歉。假的假的，開玩笑的，別真的那麼沮喪好嗎？」

「我露出那種表情了嗎？」

「是。感覺你的壽命都縮短嘍。我原本只是想模仿電影情節，不過看樣子太惡質了呢。」

我頓時驚醒，然後總算開始思考前輩這句餘命宣告的意義。沒錯，我是不是在哪裡聽過完全一樣的台詞啊？

「啊……剛才的。」

「就是這麼回事。我覺得啊，這片夜景跟電影裡的很像。」

「這樣啊……因為是夜晚的公園……」

我為什麼沒注意到？明明幾乎完全一樣。

「不過嘛，沒辦法連之後的場景也重現就是了。」

「畢竟我沒有時間旅行的能力嘛。」

前輩笑了。

「我原本還想，你該不會在期待我做出電影女主角那樣的舉動。從反應看來，似乎不是。」

「什麼意思啊？」

「你啊，在電影放映的時候，有偷瞄我對吧？」

「咦？」

「你是看哪裡呀？臉？還是胸部？還是說～？來，老實招供～」

「呃，那個……」

我不由得語塞。確實有那麼一瞬間，我都在看前輩而忘了電影。

「啊，真的有啊？」

「喂！」

我中了圈套？

這麼說來，當時前輩的目光好像完全沒離開過螢幕。

「盯著妙齡女性看實在不可取呀～」

「唔……那是因為……抱歉。」

我老實道歉。

「啊哈哈，開玩笑的。沒啦沒啦，不用道歉沒關係。」

「呃，可是——」

我心想自己可能已經冒犯到前輩，所以開口賠罪。但是前輩揮了揮手打斷我。

然後靜靜地伸出一隻手。

「啊，謝謝。」

7月18日（星期六）

我把飲料喝完的空罐交給她。

「在電影院是你丟的吧？這是回禮。」

說著，她將兩個罐子都丟進自動販賣機旁的垃圾桶。前輩一接近，販賣機便再度亮燈，語音跟著響起。那個中性的聲音，這回聽起來意外地呆。

前輩好像把「想說的話」吞了回去。可是，我不曉得是否該重提此事。

我推著自行車，追上往前走的前輩。

在穿越公園抵達停車場的這段時間內，我和前輩一直沉默不語。儘管想了些話題，但我終究沒有開口，直到前輩說「到這裡就可以嘍」之前，我什麼話都說不出來。

到頭來，出口的只有臨別時那一句話。

「啊，謝謝妳之前告訴我那些音樂。綾瀨同學也很開心。」

「一直找不到話題，最後居然是講這個啊～」

前輩笑了。

「咦？」

「沒什麼。替我問候那位和你感情很好的妹妹吧。」

她說完便走進停車場。我目送前輩的背影離去，然後掉轉車頭踏上歸途。

我一邊騎車一邊回想途中的對話。該怎麼做才是正確答案，我完全搞不懂……

回到家時，起居室的燈還亮著。

仔細一看，綾瀨同學念書念到一半，趴在桌上睡著了。她一邊臉頰貼著敞開的筆記本，睡得很熟。在空調的聲音裡，隱約能聽見她的呼吸聲。

為什麼不在自己房間而在起居室？納悶的我，看見綾瀨同學暴露在冷氣的涼風之下，開始擔心她會感冒。儘管想叫醒她，但我又怕綾瀨同學不希望我知道她念書念到一半睡著。最後，我拿了一條毛巾被過來，搭在她肩上。就在這個時候，耳機的其中一邊掉了出來，我發現她的手機正在播放低傳真嘻哈。

啊，她的確邊聽邊念呢。雖然不曉得學習效率是否真的會提升。

雖然我不太喜歡把自己的價值觀和思維強加在別人身上，不過推薦的東西能夠得到對方賞識，還真令人高興呢。或許，我是到了此刻才注意到這點。如果能幫上綾瀨同學的忙，那就再好不過。雖然還抵不過那道美味的法式吐司。

我稍微提高空調溫度，讓它維持在不至於中暑的程度，然後準備就寢。洗澡、刷牙、喝水、上廁所。睡前，我又看了一下起居室，綾瀨同學還在睡。

7月18日（星期六）

空調一直開著，可能會讓喉嚨很乾，讓我猶豫了一下是否該叫醒她，不過最後還是決定放棄。以綾瀨同學的個性來說，應該不至於就這樣睡到早上吧。何況她昨晚就出了狀況。

不出所料，我一回到自己房間，就聽到門的另一邊傳來手機鬧鐘的聲音。

得知綾瀨同學已經醒來的我快快上床。畢竟她應該不會想知道自己的睡臉被人家看見。

我原本想裝睡，不過打工和晚場電影連著下來，造成的疲倦似乎比想像中還要多，很快地我就遭受睡魔襲擊。

夢裡，混了雜音的老式音樂，一直在我耳邊迴盪。

7月19日（星期日）

一醒來，我就確認枕邊的時鐘。

七點半。我呆了一下。以週日早晨的起床時間來說已經夠早了。我決定起床。雖然就寢時間晚，不過我似乎睡得很熟，腦袋十分清醒。

到了起居室，老爸和亞季子小姐果然還在睡。不過一如預期，綾瀨同學已經起床了。

她全身上下已經打理完美，明明待在家裡卻毫無破綻。露肩服外面套了一件薄紗上衣。

「早安，綾瀨同學。」

「早安，淺村同學。」

綾瀨同學說著便起身。寬鬆的白色外套綁在腰間，上頭還有相同質料的緞帶。下半身是紅色熱褲。

「啊，我的份我自己來。妳已經吃完了吧？」

我不忍心讓已經吃完早飯在喝咖啡的綾瀨同學站起來，因此要她就這麼坐下。

「才剛吃完就是了。那是你的。」

她指著桌上的餐點說道。

「加熱這個就好了對吧？」

我準備把綾瀨同學所指的盤子拿去微波，然後愣住了。這個，要熱嗎？還是直接喝冷的就好？之所以會煩惱這種事，則是因為手在碰到盤子的瞬間，感受到一股涼意。

「直接喝就好，冷的比較好喝。實際上，我才剛從冰箱把它拿出來。」

大概是注意到我起床才準備的吧。綾瀨同學還是一樣體貼。

我看向盤內，是帶了點黃色的濃湯。

「這是什麼湯？」

「南瓜。」

「……南瓜採收季節不是夏秋嗎？喔，已經吃得到啦。」

「是這樣嗎？」

「我記得曾經在某處讀過，說是夏天採收秋天食用。好像是因為剛採收完不甜所以要放一段時間吧?萬聖節的前夕要擺南瓜燈籠,等待南瓜大王到來,不是嗎?」

「那是什麼啊?」

「妳沒聽過《花生漫畫》嗎?講『史努比與查理布朗』的話知道嗎?」

「喔,奈勒斯的毯子。」

「居然是想到那個啊……」

查理布朗的好友奈勒斯,總是抱著他心愛的毯子。

雖然也有人說那是毛毯症候群,不過每個人都會有自己不願放手的心愛事物。

在他人眼裡不值一提,對自己來說卻是寶物。任何人都會有這種東西。想必綾瀨同學也有。

大人覺得很髒、該丟掉。但是這麼一來,反倒令人更為執著。

突然間,母親的怒容在腦中浮現。我在內心搖搖頭把它甩開。

「——嗯,現在什麼蔬菜都是隨時有得吃,這種事大概不足為奇。不過,原來南瓜能煮出這麼漂亮的湯啊。」

簡直就像上了一層淺色的神酒。

「南瓜和洋蔥煮過之後放進調理機,再倒入牛奶和鮮奶油。」

我對南瓜產生興趣讓綾瀨同學有了反應，她簡單地講解做法。

雖說有興趣，不過人類可沒有善變到會突然愛上做菜就是了。我是在想，就算叫外送和買便當的日子不變，學會這些也有可能在某天派得上用場。

我在腦中的角落記下食譜，同時把吐司放進烤麵包機。

「假日早上吃兩片還真稀奇……啊，如果多管閒事的話我道歉。」

「畢竟綾瀨同學和亞季子小姐都不是只做飯，也會留意到小地方嘛。我不會覺得是多管閒事啦。」

聽到我這麼說，綾瀨同學露出有些尷尬的表情。

人家的喜好只要聽過一次，綾瀨同學就不會忘記，這種事恐怕不是什麼人都做得到。我也明白，這是因為她將友人關係限縮到極致。不是因為想討好對方，而是因為重視對方。

即使重要性只到「因為是媽媽再婚對象的兒子」這種程度，我也感到很光榮，絕對不會認為她多事。

「只是順口問問而已。」

她以若有似無的音量嘀咕，說順口卻感覺相當不好意思，應該是我的錯覺吧。

7月19日（星期日）

單純以這個情境來看，在輕小說和動畫裡應該很常見，然而真相多半不是如此酸甜交織。對「純粹基於親切或人之常情，因而出現的害羞或溫柔舉動」解讀錯誤時，將導致不幸的誤會或悲哀的單戀。

我一直保持警惕，小心翼翼地避免誤解綾瀨同學的行動，所以不會搞錯。但我也認為，就算有人解讀錯誤也是難免。

現實既不是動畫也不是漫畫。儘管如此，我們遭遇類似情境時卻總是會誤解。這是生而為人所無法避免的習性。

就算是我，昨天聽到讀賣前輩的餘命告白時，腦裡也是一片空白。碰上突襲實在是沒轍。

「然後，關於吐司的片數呢。在打工是一整天的情況下，肚子會餓。昨天我就失算了。早上只吃一片吐司又沒吃午餐就出門，結果肚子一直叫到休息時間都沒停。」

我在坐下的同時，半開玩笑地說道。

「工作辛苦了。」

「哪裡哪裡，不敢當。」

多虧了這段有些誇張的互動，彼此之間的氣氛恢復成和往常一樣。這也是種去除尷尬的儀式吧。

除了兩片吐司和南瓜湯之外，餐桌中央還擺了一大盆雞肉生菜沙拉。從窗外照進來的陽光，讓玻璃容器的邊緣為之發亮。

「醬汁請挑自己喜歡的。」

「謝謝。」

綾瀨同學恢復方才的姿勢，一手拿著咖啡一手滑手機。她沒戴耳機，或許是在搜尋什麼也說不定。

先嚐嚐這道南瓜湯吧。

我試著舀了一匙送進嘴裡。掠過鼻尖時已經聞得到些許香氣，滑過舌尖之後，更有一股純正的南瓜味。熟透的南瓜本就柔軟，不過大概是因為以調理機處理過的關係，變得有如奶昔一樣滑順。雖然甜卻不膩，十分清爽。直接喝冷的確實是正解。就算不是盛產季，也會想在炎熱時節來上一碗。

「那個啊。」

就在我大嚼雞肉沙拉時，綾瀨同學突然出聲。

嗯？我抬起頭。

「昨晚，幫我蓋上毛巾被的，是淺村同學你，對吧？」

「啊，呃，嗯。」

老實回答，就等於告訴她我看見了她的睡臉。

然而，現在的我很清楚，這種時候遮遮掩掩不是個好選擇。

偶然看見綾瀨同學在房間裡晾內衣而冷汗直冒，不過是區區一個月之前的事。話是這麼說，若要質疑我「呃、嗯」這種應對是不是最佳解，我也只能苦笑。這不就表示我原本想隱瞞嗎？

「果然沒錯。」

「我知道妳想避免暑期輔導，但是補考前弄壞身體也不好。」

「也對。嗯……謝謝。」

「這種小事應該不用道謝啦。」

更何況真要說起來，一直麻煩她做飯的我更該道謝。雖然會演變成「既然這麼想就幫忙人家啊」，但是約在一個月前，我理所當然地得出這個結論，提議卻被綾瀨同學婉拒了。

要麼都不做，要麼都做——說起來簡單易懂，但是這樣的不均，該從哪裡取得平衡才好？

互相幫助時要多付出一點。知易行難。除了音樂之外，還有沒有什麼能夠提高學習效率的方法呢？

「聽說，你昨天晚上去看電影？」

突如其來的問題，讓我不由得愣住。

「呃……嗯。因為想看的電影好像這週過後就要下檔，所以去看了晚場。不過，妳是從哪邊聽說的？」

「太一先生很開心。晚餐時一直說『這可是悠太第一次夜遊喔！他這個人啊，正經過頭了，我一直擔心他太講求邏輯，腦袋轉不過來，唉呀～他也到這個年紀了呢！』……」

「用詞！」

而且綾瀨同學一字一句都記得清清楚楚，記憶力也太好了吧？

「和打工的前輩一起看對吧？」

「是這樣沒錯，不過講夜遊太誇張了啦。剛好我們想看的電影是同一部而已。實際上，在前輩告訴我之前，我根本沒想到可以看晚場。」

「這樣啊？」

「妳知道《藍色夜晚的縫隙》這本小說嗎？」

綾瀨同學「啊」一聲，輕輕點頭。

「聽說過。這麼說來，我搞不好看過電影的廣告。」

「這還真是不簡單，妳明明沒在看電視。」

「因為網路上也有。」

這回換成我點頭了。

宣傳就要挑在有客人的地方做。我們這個世代不看電視，卻會看網路。那麼廣告當然也會放到網路上吧。

「感覺怎麼樣？」

綾瀨同學問我。

她問怎麼樣，應該是指電影的感想吧。

「咦？嗯，這個嘛，還不壞。」

我把記得的部分告訴綾瀨同學。

原作是所謂輕文藝領域的小說，講一男一女兩個高中生意外相識之後的戀愛故事。

雖然放了不少搞笑情節，不過後面愈來愈嚴肅。結局的大翻轉令人動容。

「有個每週只會在深夜的公園裡見到一次的少女。這名少女，其實是同一所高中同年級的學生，但是白天遇到時，她都會假裝彼此不認識。只有在深夜裡相遇時，才會親切得像變了個人一樣。隨著相遇次數增加，兩人漸漸受到對方吸引。某天晚上，少女告訴男主角——」

說到這裡，我故意停下來賣個關子。

「『我啊，只能再活半年。』」

綾瀨同學不禁倒抽一口氣。嗯，突然聽到這種話，正常人都會嚇一跳吧。我聽讀賣前輩講這句話的時候也大吃一驚。

「然後呢，接下來就是高潮，再說下去會洩漏劇情，所以我不講了。」

雖然我不是丸，但是不知不覺間，我也變得像他那樣愈講愈快了。這就表示，在我心裡豈止「不壞」，根本就是很感動。畢竟它甚至讓我考慮要買原作，這也是理所當然吧。

「謝謝，聽起來很有意思。關於電影的部分我明白了。」

「對吧？這部片今天電影院還有放映，如果不是因為補考，我會強烈建議妳去看一看。」

「在考完之前沒辦法。」

「我想也是。」

「既然有原作，那麼我去看原作好了。為了確實提升現代文的成績，我想有多讀一些課外書的必要。」

「考試應該不會拿輕小說出題就是了。」

雖然我不曉得輕文藝該算是輕小說還是文藝。

「不過，我本來是不太看小說和漫畫的。應該可以透過累積閱讀量增進自己的能力吧？」

「這倒是真的。」

不過嚴格說起來，綾瀨同學不擅長的並非理解現代文。她不擅長應付的，是那些思維與自己不同的文章。像是明明喜歡卻罵人家笨蛋、明明愛著人家卻嚷嚷著要殺掉對方。

聽到我這麼說，綾瀨同學有些不滿地表示：

「明明只要老實地說出口就好了。」

「世上有多少人，就有多少種行為模式。正因為如此，才會產生各種戲劇性的發展嘛。」

如果墜入情網的兩人，開頭就老實地把自己的感情訴諸言語，那麼故事便到此為止。這種類型的小說、漫畫、動畫，堆積如山。正因為彼此不磨合，才會產生誤解，悲劇和喜劇由此而生。高潮迭起的愛情故事，就是要一再地誤解和擦身而過嘛。

「這種感情，我實在沒辦法理解。」

「唉，畢竟就是因為這樣，才會採取『把它當成黑盒子，徹底掌握可能拿來出題的名作相關情報以推導答案』的戰略啊。所以說，如何？覺得有效嗎？」

「我做了模擬試題，分數應該有比之前高。確實就像淺村同學說的一樣，文學名作的解釋經常拿來出題。還有，只要掌握時代背景和作品的關係，就能找出答案。」

「畢竟是考試嘛。」

我之前就在想，有些話還是該說清楚。

「什麼意思？」

「我們面對的考試，不會出現沒有答案的問題。知道open-end（開放式結局）嗎？」

「打開結局。」

「那是照字面直譯吧？」

雖然她應該是認真的。不，就因為是認真的才會顯得很好笑？

綾瀨同學應該不是在裝傻吧？

「像是『在不知道主角怎麼樣的情況下結束』之類的，這種事偶爾也會在電影裡看到對吧。就是指這種沒有明確答案，交給觀眾想像的結局。」

「這種結局很討厭。會累積壓力。」

「我就知道妳會這麼說。然後呢，這種東西不會出現在考題裡。」

而且，這種處理方式不限於結局。作者故意不寫清楚，交給讀者想像，這類情節多得數不清，直到現在大家還在討論該怎麼解讀的名作不勝枚舉。但是，這些東西不會拿來出題。畢竟答案因人而異，無法計分。

「這倒也是。」

「所以，考題應該會取自解讀結果不受讀者左右……至少不至於相差太多的部分才對。某位補教名師說過，『選擇題不會出無法選擇的問題』。」

至於注重思考過程或是創造性、獨特性的簡答題，又要另當別論。

「雖然很露骨，不過我能接受。」

「是吧？」

只不過，這種曖昧感確實也是讀書的趣味之一。正因為模糊，才能刺激自己的創造力。

我喜歡不必揣摩他人心思的直來直往，但是也能單純為了增加知識而採納不同觀點。讀書除了可以避免視野狹隘之外，還能引人深思、刺激創造性，體驗思考地平線擴張的感覺。

所以，我不希望綾瀨同學只為了求知而讀書。雖然我沒打算把自己的主張強加在她身上就是了。

「所以，你和讀賣前輩正在交往嗎？」

我差點把餐後咖啡噴出來。

這個「所以」是怎麼冒出來的？

我注意到她盯著我看，下意識地坐正，然後像個遭到檢察官問話的被告一樣，老老實實地回答。

「我和讀賣前輩不是那種關係啦。」

「是嗎？」

「是啊。她只是打工地點的前輩而已。」

「喔？」

「前輩也愛看書，彼此聊得來。」

「畢竟淺村同學平常就會看書嘛。這種差距可能是難免吧。對……果然還是還是得看書才行……我或許會去買書。」

說完之後，綾瀨同學不知為何一副突然回神的表情，「呃……」地含糊其詞。

「只是或許。」

「愛書人增加我可是很歡迎喔。不過得先搞定補考就是了。」

「咦？啊，呃，嗯……說的也是。」

說著，綾瀨同學的目光再度回到手機上。她將無線耳機塞進耳裡，就這樣攤開筆記本。

看樣子是進入用功模式了。

我吃完早餐之後，把餐具放進洗碗機，接著回到自己房間。

今天也是從中午開始排滿了班。

昨天回家之後直接上床睡覺，不趁現在把作業解決掉就麻煩了。

我拚命對付明天要交的作業。也因此專心過頭，直到手機鬧鐘響起之前，都沒注意到打工時間將近。

於是又沒吃到午飯。

7月19日（星期日）

從開著冷氣的公寓走到室外，夏天瞬間回歸。

強烈的陽光讓眼睛眨了眨。外面有股被太陽烤焦的柏油味。明明還沒到正午，氣溫卻已經超過三十度。連續三天的炎炎夏日。

週日的澀谷站前，和往常一樣人山人海。抵達書店之後，我先到後場換衣服才進店裡。

今天也是從12點到晚上9點的全天班。

「喲，後輩。」

我才剛進門，就被讀賣前輩叫住，一副我們不曾去看過晚場電影的模樣，態度也是一如往常。對我來說，這樣也比較輕鬆。這人的交際能力還真強啊。

「前輩，午安。這些是要補充的嗎？」

「對。能幫忙嗎？」

誌。

「好。」

讀賣前輩推著堆滿紙箱的推車。我打量了一下箱子，裡面擺了不少看起來很重的雜誌。

今天我也躲過結帳了。

工作主要是整理書櫃，以及將書補充到空出來的部分。

如果手邊空下來，還可以折紙書套、把要退的書裝箱。

雖說是打工，不過書店的工作可以說做不完。

儘管不至於連訂單都負責，但只要得到信任，就能像讀賣前輩那樣建議進哪些缺少的書。

「女性雜誌啊……看來這個月也會很辛苦呢。」

「對啊。麻煩程度前三名的書。」

「畢竟贈品很大一個嘛。」

近年的女性雜誌，往往會有體積很大的贈品。

標題是英文字母或漢字方塊，封面擺上了年齡與目標客層相同的女性模特兒，這種類別就稱為女性雜誌，通常又大又厚又重。

這種雜誌再加上體積很大的贈品。

內容像是環保袋、化妝品樣品、時髦的小皮包……

厚雜誌一旦配上大型贈品，為了不讓兩者分家，必須把它們綁在一起。

方法大致分兩種。用繩子、膠帶捆住，或是用橡皮筋固定。兩者都有長有短。

用繩子或膠帶綁起來雖然比較牢固，但是綁太緊有可能傷到書本；橡皮筋雖然簡單卻容易脫落。如果賣出去時沒注意到漏了贈品，則會被顧客申訴。

用塑膠膜包在一起或許能解決，但是將含贈品厚達數公分的大型雜誌整個包起來賣的書店十分罕見。我想，大概是因為不划算。

「為了捆包容易而弄成相同尺寸這點是很讓人感激啦～但是他們沒把重量平衡也考慮進去。來，拿拿看。」

「哇！拜託別突然塞過來……這未免太偏了。」

「就是這樣嘍。」

用厚紙板做的贈品盒雖然尺寸和雜誌相同，重心卻嚴重偏向前端。

「這個裡面是什麼啊？」

「好像是珠寶盒。」

7月19日（星期日）

「啊？」

從封面看來，應該是飾品盒。雜誌贈品總不至於放進寶石吧。封面上的宣傳文句講得很誇張，不過說穿了就是拿來放些小東西的。

「這個……會不會被說廣告不實啊？」

「應該沒問題吧。上面也有寫著『像』珠寶盒。」

「不，這……」

又不是相聲。

「雖然外盒很大，內容物卻只占前端的三分之一，所以非常不平衡。」

「為什麼不放在正中央啊？」

「或許是先做了紙盒。然後呢，飾品盒比預期來得重。」

「啊……」

雖然不曉得真相是否如此，不過前輩的推理能夠讓人接受。

「原本就很重了，配重還這麼糟糕啊……」

「擺起來會很麻煩呢。」

「但是這些書很暢銷，不能不擺。」

「試試看吧。」

來到擺雜誌的平台，情況就和我們預測的一樣。

將雜誌從紙箱裡拿出來一本本疊上去之後，高度只能到旁邊另一疊雜誌的三分之二。要是繼續疊，就會往前滑出來。在雜誌掉到地上之前，我勉強把它擋下來了。雜誌封面是光滑的硬質卡紙，一失去平衡就容易崩塌。

「果然不行呢。」

「沒辦法。如果上下顛倒交錯著擺，或許還有可能。不過……」

「這麼一來，賣掉一本之後就看不到封面的字了吧。不行不行。」

「我想也是。」

所以才麻煩。

苦思之後，我們將一半倒過來放確保安穩，並且讓顧客能看清楚封面的標題。

這麼一來，就算賣到一定程度也無妨，只要在快到顛倒的部分之前補充就行；如果存貨已經賣完，就把底下的部分重新擺正。雖然比較費力，不過一堆雜誌的中間凹一塊實在太難看。

周圍數量減少的雜誌也重新補上。

7月19日（星期日）

「好，這樣就告一段落了。」

用紙箱裡的雜誌把平台欠缺的量大致補上之後，我抬起頭。因為讀賣前輩沒有回應。

前輩沒有看我，而是盯著書櫃一角。

「她在找東西耶。我去問問看吧。」

我順著前輩的視線望去。她看的不是前方的雜誌櫃，而是遠處的書櫃。那邊有個東張西望，不知所措的少女。

髮色是亮系，耳上戴著的耳環不時反射店內照明而閃閃發光。

正當我覺得好像在哪裡見過這人時，讀賣前輩已經毫不猶豫地走過去，大大方方地用書店店員的語氣向人家搭話。

「在找東西嗎？」

少女吃了一驚，轉過頭來。

「那、那個，我在找書——」

「咦？綾瀨同學！」

聽到我脫口而出的這句話，讀賣前輩回過頭來，還有段距離的少女也看向我。

一時之間，她似乎沒認出我。

這也難怪。綾瀨同學應該是第一次看見我穿著這家店的圍裙。她的嘴巴張成了「啊」的形狀，此時讀賣前輩已經像逮到獵物的貓科猛獸般撲上去。

那個前輩不可能放過有趣的八卦材料。

「妳在找書對不對？我來幫忙吧。務必讓我助妳一臂之力！」

「呃，那個……好的，謝謝妳。」

「包在我身上！」

聽到怎麼看都是陽角的辣妹說話如此有禮，認真文學少女風格外表的書店店員完全不掩飾自己的好奇心。

讀賣前輩，妳暴露本性了……

我連忙推著已經清空的推車靠近。

「欸，妳就是他妹妹對吧？」

她指著我問綾瀨同學。

「啊，是。是這樣沒錯……呃，您是……？」

「讀賣栞。請多指教嘍。」

7月19日（星期日）

啊，就是妳啊——綾瀨同學一臉恍然大悟的表情。

「啊～！真的像後輩講的一樣是個美女耶！小妹妹好可愛～好可愛～」

「妳是哪來的居酒屋老爹啊，讀賣前輩……」

「喔？意思是，理論上還沒成年的你去過居酒屋？」

讀賣前輩把矛頭轉向走近的我。就許多方面來說，回應這句話等於輸了。於是我用「這是普遍印象」打發掉。

「話說回來，綾瀨同學，妳為什麼會在這裡？」

以為她會整天念書的我，疑惑地問了一件仔細想想其實沒什麼不可思議的事。

「我是來買書——」

「後輩，總之先把這個推去還啦。」

聽到前輩指著推車這麼說，我才回過神來。

仔細一想，現在還是工作時間。業務優先。儘管很在意，我依舊乖乖把推車送回後場。

然後全速衝回賣場。

兩人還在原處交談。

「原來如此，也就是說有那麼大——」

「這不是很普通嗎？」

「也沒有說普通的人講得那麼普通啦——」

她們在講什麼啊？

「喔，後輩真快耶，正好兩分鐘喔！」

「呼、呼、呼……居、居然有計時啊……」

這人還真閒。

「用肚子計的就是了。」

「這不是叫直覺嗎？話說回來，把推車拿出來的應該是前輩妳吧？」

「我討厭直覺敏銳的後輩喔。」

「這種台詞麻煩去對某個鍊金術師講。唉……所以呢，綾瀨同學要找的書，妳問了嗎？」

「還沒。」

工——作——！

「那個，淺村同學。我是來找參考書的，剛好碰上要用到的地方。還有那個。昨天你看的那部電影。我想順便連它的原作一起買……」

原來如此，難怪會暫停用功，跑來買書。

——若是動畫和漫畫的遲鈍系主角，就會單純地接受。人並不是單純到會因為單一動機而採取行動的生物。每個行動都只有一個動機可不現實。雖然綾瀨同學應該沒有說謊，不過在這種場合……沒錯，或許還包括了「介意家人在什麼地方工作」的可能性。

而且，綾瀨同學好像很在意讀賣前輩。

「唉呀？妹妹也對那部片有興趣？如果是這樣，今天就是最後一天嘍。要不要我陪妳去看晚場呀？」

「啊，這就有點……」

「綾瀨同學還要念書。前輩，拜託不要引誘別人走上邪惡之路。」

「邪惡的花朵之所以美麗，就是因為吸人血長大……」

「效率真差。難怪只靠光和水就能搞定的花占優勢。」

「喔，這一記反擊還真痛。算啦，玩笑就開到這裡。」

「開玩笑的只有前輩妳而已。」

「我們還有書店店員的工作。」

7月19日（星期日）

「先放棄的是前輩妳。」

「後輩，我們在工作時沒空閒扯。必須盡快指引這位迷途客人才行！」

「……我沒異議。」

實際上，周圍的客人聽到這番你來我往都笑出來了。

我希望盡快離開此地。

「所以說呢，後輩的妹妹，妳要找的書——」

「我叫沙季。」

「嗯？」

「我叫綾瀨沙季。」

「綾瀨？」

「要叫淺村沙季也無妨，不過這麼一來可能會難以區分我和淺村同學，所以請用名字稱呼我。」

綾瀨同學自稱「淺村沙季」，恐怕這還是第一次。這個對我來說很陌生的稱呼，聽起來確實很新鮮。不過，這樣啊。就邏輯上來看，我也有成為「綾瀨悠太」的可能性。

要是我這麼自介，綾瀨同學是否也會體驗到這種新鮮感呢？

「嗯嗯，所以淺村小弟也喊妳『綾瀨同學』啊～那麼，我就叫妳沙季嘍。然後有關參考書呢，放在那邊的考試用書區。所以先從小說開始找吧。」

「好的。還有……淺村同學。」

綾瀨同學看著我說道。

「如果其他還有什麼推薦的書，請告訴我。你覺得有趣的書就行了。」

「我嗎？」

綾瀨同學點頭。

「如果由讀了很多書的淺村同學推薦，我想不會有錯。多看幾部電影可能貴了一點，不過文庫本的價格多買幾本應該沒問題，也能學怎麼閱讀文章。」

「沒錯，小說的優點之一就是划算！妳很懂嘛，沙季！」

「最近電影也能用租的就是了。」

不過，原來如此。一本書買或不買，大家是用價格來決定的呢。

靠著打工得以確保嗜好經費的我，會把書的價格放在最後。反正除了專業的學術書籍之外，一般來說不會超過一萬圓。

可是之所以能這麼想，是因為我相當愛書。丸也曾傻眼地對我說「你真的除了書以外都沒有嗜好耶」。確實，我不像綾瀨同學那樣注重穿著打扮，甚至會覺得名牌服飾太貴。追根究柢，事物的價值因人而異。雖然買了很多套動畫ＢＤ的丸應該沒資格講我。

「可是，突然要我推薦也有點難耶。畢竟我不曉得妳對什麼感興趣。」

「既然對《藍色夜晚的縫隙》有興趣，推薦類似傾向的書不就行了嗎？之後再看合不合胃口來決定下一本書就好了吧？」

「啊，原來如此……」

讀賣前輩的支援令我十分佩服。不愧是先一步在書店工作的前輩。

「那麼，我就從輕文藝裡面試著挑幾本。非日常性不要太強的應該比較好……啊，要先找原作對吧。還有嗎？」

「雖然書是你擺的，但是封面朝外陳列那本應該已經沒了，照理說只剩和其他書籍擺在一起的份。不過嘛，這種情況下客人很容易錯過僅有的那本，說不定還有機——」

這時副店長叫住讀賣前輩。做好萬全準備回過頭的讀賣前輩，聽到「結帳人手不足去幫個忙」的無情通知。前輩露出認命與死心夾雜的表情，回答「好」。

讀賣前輩對我們點點頭，走向收銀台。前輩，我不會忘記妳的教誨。請堅強地活下去。

「該不會，結帳很辛苦？」

「我覺得很辛苦。因為要不停和無法保證能磨合的人做短暫溝通。」

一聽到我這麼說，綾瀨同學便皺起眉頭縮了一下。呃，不需要那麼害怕啦。

我帶她到輕文藝的書櫃尋找原作小說。最後一本還沒賣出去，也不知該憂心櫃裡書本的不起眼，還是該為這個時刻心懷感謝。大家都沒找到呢。

「再來，就是這邊吧……」

「啊，這個，我看過漫畫。原來小說才是原作啊……」

「有多媒體行銷的熱門作品，應該比較適合入門。」

至於讀起來有不有趣，就要看人和書合不合了。

「考試用書的專區在那裡。正面的柱子貼了一張大大的『募集兼職人員』海報對吧？雖然可能會因為反光而看不清楚。就在那根柱子右邊的書櫃。」

「啊，嗯。我知道了……應該吧。」

「如果找不到，就詢問附近的店員，或是回來這裡我帶妳去找。」

「放心，不用那麼麻煩沒關係。畢竟你還在工作。」

「知道了。那麼，我回去工作嘍。」

「回去工作啊……嗯。那件圍裙，很適合你喔。」

「這……多謝。」

突然得到稱讚，疑惑會來得比高興還要快。雖然很想直接把人帶去考試用書專區，但我已經在綾瀨同學這邊花了不少時間，繼續下去實在不妙。

綾瀨同學拿著電影的原作小說和我推薦的兩本文庫前往考試用書區。看見成為路標的海報之後，她走向右邊書櫃。目送她的身影消失後，我回頭繼續整理。

埋首工作過了一陣子，綾瀨同學從後叫住我。

回頭一看，她手上多了一本看似參考書的厚書。

「我買完這些就回去。謝謝你工作中抽空幫忙。」

「哪裡，小事一樁。」

綾瀨同學走向收銀台之後，我轉頭繼續整理，這回換成旁邊有人喊我。

「欸，店員先生。收銀台在哪裡呀？」

回頭一看，一位上了年紀的老太太抱著厚厚的雜誌。雜誌的重量似乎讓她的手不太穩。

老太太拉著有輪子的行李包，她大概是覺得不方便把還沒買的商品放上去，因此把書抱著。這樣沒問題嗎？

「收銀台沿這條走道往前再左轉就是了。那個……要不要我幫您拿到收銀台？」

「這樣不好意思呀……能麻煩你嗎？」

「好的，沒問題。」

我拿到的，正是那本有附飾品盒的女性雜誌。難怪會重。

我抱著雜誌，陪老太太走到收銀台。正巧收銀台前面很空，所以很順利地一路到結完帳。

「多虧有你幫忙。小哥，謝謝啦。」

「哪裡。多謝您的惠顧！」

該道謝的是我們。老太太將雜誌放進行李箱之後對我點了點頭，隨即離開。

「請稍等一下。」

一個耳熟的聲音傳來，於是我看向旁邊的收銀台，發現是讀賣前輩。

很巧地，她碰上的客人就是綾瀨同學。

她們似乎已經結完帳，讀賣前輩將零錢放進托盤，推到綾瀨同學面前，然後開始為文庫本小說包書套。她以流暢的動作，替書本包上店裡準備的原創紙書套。

「真快耶。」

綾瀨同學佩服地說。兩人似乎都沒注意到我。

「嗯。唉呀，應該說習慣了吧。悠太也很快喔。」

「悠太……啊，淺村同學。」

「對對。我講後輩妳也不知道是誰吧？來，三本都好了。呃，客人，這邊的參考書也要包上書套嗎？」

前輩，敬語和平常的說話方式混在一起嘍。

「啊，那個就不用了。」

「好的，了解。唉呀，因為在我之後才來兼職的，目前只有悠太，所以說到後輩符合的只有他。那麼，這邊就是您買的商品。」

前輩將四本全部放進手提塑膠袋，遞給綾瀨同學。

「謝謝。」

「這是我們該說的，多謝您的惠顧！如果想看工作中的悠太，務必再來光顧喔！」

「我沒有這個意——」

「特別給沙季妳優惠價，微笑免費！」

妳打算對其他客人收錢嗎，前輩？

綾瀨同學並未回應前輩的玩笑，就這麼走出店門。其他客人很快就跟著排隊結帳，於是我就這麼回到書櫃區。

到了下班時間，讀賣前輩特地跑來我這裡。

「你妹妹很可愛耶。」

「還在講這個啊？」

「因為到了我這個年紀啊，如果不攝取年輕人的精華，就會乾掉呀～」

這人是吸血鬼之類的嗎？

「我們和前輩也沒差幾歲吧？」

「高中生和大學生不一樣，有很大～的差距。你不懂啊，後輩。」

「我想我永遠都不會懂。」

「因為那種純真的反應，真的很可愛嘛。一談起後輩的話題，沙季她啊，表情就會有小小的變化，真的是……後輩，搞不好是真的喔。」

「真的？」

「對啊。」

7月19日（星期日）

一時之間，我完全搞不懂前輩在講什麼。不過，看著她淘氣的眼神，我漸漸明白是怎麼回事了。

換言之，她認為綾瀨同學的反應是戀愛那種。

「不，這實在不太……」

「是嗎？真的？」

「就說了綾瀨同學是妹妹啦。」

我不能用這種眼光看她，綾瀨同學應該也沒這個意思。照理說不該有。

這天打工結束後，我乖乖地直接回家。

父母都還醒著，於是我們一起吃了晚飯。由於已經將近晚上十點，這頓飯算是相當晚，不過兩人都有先吃點東西墊肚子。亞季子小姐久違地展露手藝，弄了一道炸雞塊。老爸則是一邊吃一邊讚不絕口。都到了這個年紀，新婚生活還能持續一個月以上，會不會太厲害啦？

餐桌旁沒見到綾瀨同學的身影。她似乎已經先吃過，窩回房間努力用功。

一直到上床睡覺，我都沒在家裡見到綾瀨同學。

7月20日（星期一）

週末過後的星期一，當天早上。

在踏進去的那一瞬間，就能明白學校的教室已經失去活力，會讓人誤以為這裡成了一部缺了色彩的黑白電影。儘管多少聽得到同學們聊天的聲音，不過音量和平常相比實在太小，有種怠惰的氣氛。

理由很清楚。

因為暑假從週三開始。**和「下週就要放暑假」的上週不一樣**。

期末考已經結束，暑假近在眼前的此刻。提不起勁也是難免吧。

我饒富興致地打量彷彿連時間流動也趨緩的教室，這時候一名疲態畢露的男生走進教室。

「早安，丸。每天晨練真是辛苦啊。」

「喔，淺村……」

聲音和表情都滿是疲憊。

本校的運動社團，雖然沒有什麼突出到全國水準的，不過具備中堅水準而顯得活力充沛的倒是不少。

好友丸友和所屬的棒球社也屬於這一級，據說每天早晨和放學後的兩次練習極為嚴格。

不過就算是處於這種環境，照理說這位好友依舊能靠他與生俱來的機靈輕鬆應付才對，為什麼今天會疲憊到這種地步呢？

「真沒幹勁耶。簡直像是整個人都被抽乾一樣，怎麼啦？」

「地區預賽第二場就輸啦。」

「也就是因為沮喪。」

「不，錯了。是因為暑假期間的練習可能會變得更嚴格。」

「喔，不是該相反嗎？一般來說，要繼續參加大會才會練得更勤耶。」

「因為就算臨時集訓，短時間內實力再怎麼提升也有限。充分休息調整好狀態比較有利，加上教練也想避免練習過度導致受傷，所以大會期間的練習分量不至於太重。」

「原來如此，很合理。」

「嗯……唔。」

丸無力地坐到位置上，環顧教室之後皺起眉頭。

看著幾個在慵懶氣氛中聊著暑假預定行程的學生，他輕聲嘀咕。

「那些能享受暑假的傢伙，真是好命啊。」

「丸，你是會羨慕他們的那種人嗎？」

「當然會羨慕啦。自由時間是最寶貴的財產。雖然決定把時間花在棒球上的是我自己，而且我對這種用法沒什麼不滿就是了。」

「那你是羨慕什麼啊？」

「因為我很可能沒空去電影院啊。大片會鎖定放長假的家庭和情侶，在夏天悄悄上檔對吧？要是被練習綁住，想看都沒辦法。」

丸深深嘆口氣，這個很符合他風格的模樣相當好笑，我不禁在心裡笑了出來。因為練習量不多就趁大會期間猛看電影雖然令人想質疑，不過我這位朋友的特色就在於不太能用一般大眾的常識去看待他。

「而且有興趣的電影很多啊……」

「像是『藍色夜晚的縫隙』？」

「啊？那是常見的騙眼淚電影吧。對於想哭的女生或是要找藉口調情的情侶來說或許正好，不過對於我這種貨真價實的電影狂就不太夠啦。」

「連看都沒看就批判，以電影狂來說不合格吧？相當有意思耶。」

「什麼嘛，淺村，你已經看啦？」

不妙。我搞不好失言了。

為什麼、和誰、在什麼情況下。要是讓他對這些部分感興趣就糟了，於是我小心翼翼地選詞。

「原作小說在我打工的地方賣得很好，讓我有點興趣。下班之後，我就一個人跑去看了。」

「淺村……哼哼，約會是吧？」

「咦？呃，我聽不懂你在講什麼耶。」

「為什麼我連問都還沒問，你就要強調『一個人』？你基本上都是單獨行動，這種事不用說我也知道。」

「你在扮演偵探啊？想太多了啦。」

我冷靜地回應，但是衣服底下冒了不少汗。

丸瞪大那雙藏在眼鏡底下的猛禽般利眼，仔細地觀察我。

被人窺探內心的感覺不太舒服。我開始覺得，老實說出自己是和讀賣前輩去看電影搞不好比較輕鬆。

說不定，被刑警盤問的罪犯也是這種感覺。雖然我沒有機會證明，也不能真的去證明。

「奈良坂也好、綾瀨也好，淺村……你啊，最近沾了不少女色是吧。」

「這是誤會啦。什麼都沒有。」

「真的嗎～？有不少人說看見奈良坂和你交談喔？上次是在圖書室前吧。」

「咦？什麼？有人監視我？知道得這麼詳細很恐怖耶。」

「人不管走到哪裡都躲不掉旁人的目光啦。做壞事一定會穿幫的。」

隔牆有耳，眾口難防，我切身體會到俗語有多麼可信了。

「只不過和奈良坂同學交談就被當成做壞事，也未免太過分了。」

「對於喜歡她的男生來說可是重罪喔……該不會，你就連電影也是和奈良坂去看的吧？」

「沒有啦……我沒和任何人一起去。」

我將差點說出口的「沒和奈良坂同學一起去」修正方向之後，補了一句。

丸「嘖」了一聲。

好一個巧妙的誘導性質詢。這位好友還真恐怖。

「唉，總之呢，如果你對於戀愛方面開眼了，別客氣儘管說。身為人際關係界第一把交椅的我，會好好在後面支援你的戀情。」

丸露出健康的白色牙齒，豎起大拇指。實際上，丸的交際能力強到讓人不敢與他為敵，成為友軍時則是無比可靠。

「如果真的有那一天，我就來找你幫忙。」

「好。」

說完之後，丸便不再追究。

儘管靠著與生俱來的觀察力看穿有人和我一起看電影，卻還是把我不願招認的心情放在自己的好奇心之前。能將分寸拿捏得如此精準，正是我這位好友最為成熟的部分。

我真的認識了一位好朋友啊。

……鄭重其事地對當事人這麼說會顯得很噁心，所以我絕對不會說出口。

放學後。

丸匆匆趕往棒球社參加練習。目送他離去之後，我坐在自己的位置上，一邊望著班上同學一個個從教室裡消失，一邊用手機瀏覽社群網站與新聞。

十幾分鐘過後，差不多只剩下兩個還在閒聊的，其他人全都已經離開。

從半開窗戶流入的溫暖夏風與遠方蟬叫，激起一陣不存在的鄉愁。只要條件齊備，就連在這種都會正中心都能感受到鄉愁，該不會日本人都具備「接觸到往昔夏季風光就會想起故鄉」的基因吧？

在腦中將這些無意義的假設玩味一番之後，我吐了口氣，站起身來。

這絕對不是毫無意義地浪費時間。

自從和綾瀨同學成為兄妹之後，我就會盡可能錯開返家時間。

既然要回同一個家，自然會走同一條回家路。這麼一來，就有可能不經意地碰上導致尷尬。我希望避開這種發展。

……我這種自以為是的體貼，偏偏在今天得到了反效果。

「啊，是淺村同學～！」

「咦？」

當我換好鞋子走出樓梯口時，後面有人叫住我。回頭一看，一個髮色明亮的女生友善地拍拍我的肩膀。

「最近好嗎？回家時碰到還真巧呢！」

「奈良坂同學。」

這個女生正是奈良坂真綾。隔著她能看見另一個女生——綾瀨同學的身影。

怪了，明明已經放學，她們兩個居然還待在一起。幾乎在我感到疑惑的同時，奈良坂同學開口了。

「一起走吧！」

「咦……呃，為什麼？」

「咦？問我為什麼，那當然是……因為難得？」

「我完全不懂哪裡難得了。方向一樣嗎？」

「一樣一樣。因為，我是要去沙季家。」

「咦？」

我看向綾瀨同學要求解釋，她則是滿懷歉意地合掌。

「她答應來家裡教我念書。」

「啊，原來如此。不過，說到要一起走……奈良坂同學不排斥嗎？」

「不會啊。沒理由排斥嘛。」

奈良坂同學講得很乾脆。該說她不愧是腳踏實地做到交友百人的頂尖陽角吧，看樣子她對於和異性交流的心理門檻也不怎麼高。

確實，雖然我過往的人生裡幾乎和這種事無緣，不過和異性共同行動的學生倒也不算罕見。

為了防止不必要誤解而特地下工夫隱瞞的我和綾瀨同學，或許只是想太多。

「反正要回同一個家，不需要特地分開走吧。對不對，沙季？」

「這個嘛，是這麼說沒錯……」

綾瀨同學瞄了我一眼。

……嗯，唉，這次應該算是不得已吧。

看見我認命地點頭，綾瀨同學也投降似的嘆了口氣。

「早知道就不要拜託真綾了。」

她這麼嘀咕。

於是我們三人一同走出樓梯口。走在兩個女生旁邊的不自在，讓我喉嚨乾渴。擔心人家用奇怪眼光看待的不安感揮之不去。

不過就結論來說，奈良坂同學才是對的。

走到校門的途中雖然有和其他學生擦身而過，但是既沒有人回頭，也沒有人盯著我們看。一男二女的組合，在大家眼裡似乎是非常自然的一幕。

似乎有人看見我和奈良坂同學交談後透露給丸，不過，或許三人以上同行比起兩個人要來得普通一點。

出了學校，就是從澀谷到代官山這個區域特有的多坡路段。放學後依舊高掛天空的夏日太陽將柏油路烤得滾燙，能感覺到制服底下滿身汗，讓人相當不快。

走在旁邊的的綾瀨同學也用手帕擦拭頸部。連表情始終冷靜的她也覺得熱——這種事明明理所當然，卻讓我感到自己像個有了世紀大發現的學者。

此時，奇妙的「乒乓」電子音響起。

回頭看去，不知何時退後數步的奈良坂同學，竊笑著舉起手機。

「啊，別在意。不用回頭，自然一點！」

「妳是不是在拍照？就算是朋友也不能偷拍喔。」

「沒有啦，不是照相是錄影。完全不是偷拍！」

「不管是停住的還是會動的，偷拍就是偷拍。好啦，交出來，我要刪掉。」

「啊啊！真是的，不要搶啦～！我的手機～！」

綾瀨同學毫不留情地拿走好友的手機。

她當著我們的面檢查，並且確實地刪除檔案。

「沙季妳真的都不肯讓人拍照耶。其實妳不用那麼急著刪也沒關係，反正我本來就打算馬上刪掉。」

「不要。一來拍得不好看，二來如果刪不刪交給真綾妳決定，最後沒刪掉我就非得責怪妳不可了吧？這樣很麻煩，我也不想懷疑妳，這種事還是自己快快處理掉，乾淨俐落一點比較好。」

「糟糕，淺村同學。沙季拿大道理欺負我！」

為什麼在這時候把矛頭轉向我啊？

把話題丟過來可以，不過麻煩挑在別人比較容易插嘴的時候。

總而言之，我的答案已經決定好了。

「我投綾瀨同學一票。」

「葛格這個叛徒！就算是兄妹也不必連這種地方都像啊！」

「我不記得自己什麼時候成了妳的友軍，還有能不能別叫我葛格？」

真要說起來，她這些台詞應該用在血脈相連的親兄妹上吧？

儘管沒有血緣關係應該談不上像不像，不過價值觀與習慣因為共同生活而變得愈來愈接近，我最近倒是有所體會。或許，這也可以算。

「應該說，根本莫名其妙。為什麼突然要拍啊？」

「唉呀～我覺得你們兩個站在一起很好看嘛。要不要當情侶YouTuber？金髮辣妹和陰角男生的兄妹檔！絕對會有很多觀眾喔！」

「誰要做這種事啊？何況根本不會有人想看這些東西。」

綾瀨同學沒好氣地說道，我也點點頭。

「同感……還有奈良坂同學，雖然這或許是事實，不過當面喊人家陰角實在很傷人耶。」

「啊，不要誤會。我沒有要侮辱你的意思。在ＩＧ上面，有很多帶著些許陰暗氣息的美形男性掛著陰角標籤，相當受女生歡迎喔。」

「呃，講美形反而顯得很客套，讓人感覺渾身不對勁。」

「啊，不要誤會。我不是說你原本的樣子就很帥，而是經過一番打扮之後應該可以弄得很好看的意思。」

無論哪一種都讓人心裡有疙瘩。奈良坂同學本身沒什麼惡意所以很難吐槽，實在頭痛。

「而且，不會沒人想看啦。想在YouTube看情侶互動直播的需求相當多。這種頻道很常見，要吸引觀眾有點難，不過兄妹直播很稀奇，行得通行得通！目標是用廣告收益住進華廈！」

「廣告收益……這樣賺得到錢嗎？」

奈良坂同學這番演說中的某個詞，引起綾瀨同學的興趣。

「當然！要是爆紅就會大賺特賺喔！」

「大賺特賺……」

「慢著，奈良坂同學、綾瀨同學。停。」

我冷靜地制止兩個愈來愈興奮的女生。儘管打斷人家談笑實在很不識相，但是就這樣默默看著她們往美夢狂奔會讓我有罪惡感。

「最近上傳影片的人愈來愈多，連藝人和企業也加入了。要活下來成為贏家沒那麼簡單啦……這是熟悉那個世界的人在影片裡講的。」

綾瀨同學拜託我找高薪打工時，我姑且也是有調查過影片服務的廣告收益。

有段時間出了好幾個賺到上億的，還在小學生期望職業排行榜上面名列前茅。然而在眾多明星閃耀之外，還要面對嚴苛競爭，據說也有不少人因為每天遭受數字逼迫而精神失常、受挫放棄。

搭檔直播，也有個無法避免的問題。

「就算成功，也很難持續下去。因為關係破裂而導致好不容易培養起來的頻道就此完蛋，這種事近來常聽說吧？」

「唔唔。這種事當然也是有。不過，就是因為這樣啊！」

「咦？」

「兄妹和情侶不一樣，不會分手！以觀察親密互動的頻道來說，還有比兄妹更受上天眷顧的關係嗎？不，沒有！」

「這麼一說，感覺好像也有點道理……」

「沒這回事。淺村同學，你怎麼也受她影響了？」

「抱歉。」

綾瀨同學沒好氣地瞪了我一眼，我連忙道歉。

秒速行動（註：語出日本知名YouTuber拉斐爾（ラファエル）的著作《秒で決めろ！秒で動け！》）——成功者建議面對挑戰時要迅速採取行動，不過我認為失敗時更該將這句話放在心上。一旦感到氣氛有些不愉快就該立刻道歉，避免做些多餘的事。

我考慮將「秒速道歉」當成座右銘。

避免累積不平和不滿，或許只有我和綾瀨同學才能這樣溝通。

以手指把玩頭髮的綾瀨，嘆了口氣後說道。

「不幹。更何況也不可能順利。」

「咦～我覺得可行耶。而且沙季和淺村同學腦袋都很好。」

「聽到總分比我們還高的真綾這麼說，實在沒有被誇獎的感覺。」

「不不不，不是考試分數啦。該怎麼說呢～就像……諸葛亮！那種的聰明。」

「就算是這樣也不行。如果真的想贏，不知道要花掉多少時間。這麼一來會沒時間念書。」

「嘖。我覺得一定會受歡迎耶～應該說我想看！想看你們甜甜蜜蜜！」

「根本是妳的私心嘛……就說了不是這樣。」

「無論如何都不行啦。如果真的受歡迎，反而會是個大問題。」

7月20日（星期一）

我們學校的學生裡，知道我和綾瀨同學是什麼關係的只有奈良坂同學。一旦成為熱門頻道，等於把這段關係暴露在大眾面前。再加上，明明是兄妹卻放了接近情侶的內容，要怎麼對老爸和亞季子小姐說明才好啊？

當然，綾瀨同學是個出眾的美少女，既理性又體貼，能維持適當的距離，而且住在一起，是個非常理想的對象。如果能建立這樣的情侶關係，說不定也是一種幸福。

然而，她是義妹。不是創作人物，存在於現實，就只是個真實的義妹。

甚至不該成為選項。

「這樣啊～可惜。不過嘛，我覺得不用在YouTube上面也沒關係，可以隨便弄個什麼試試看喔。只要成功打響名號，就有機會接到酬勞優渥的工作！總之，淺村同學弄個ＩＧ吧，ＩＧ。」

「為什麼啊？我可沒有拍出好看照片的本事。」

「只要掛個陰角標籤，上傳帥氣一點的照片就好啦！一定很適合～」

「就說不幹了啦。」

嘴上這麼說，但是奈良坂同學轉頭之後，我還是順手下載了ＩＧ的Ａｐｐ。

綾瀨同學和奈良坂同學邊走邊聊。我跟在兩人後面，試著建立帳號。首先按照一開始教學畫面的指示，設定個人檔案。

如果博取人氣的效率真的不錯，感覺有機會賺到錢，我就告訴綾瀨同學。

……不過，在回家路上，我試著瀏覽了一下，卻連哪個使用者受歡迎都不曉得。

難得建立的帳號，大概會就這樣丟著不管吧。

到家了。

我回到自己房間關上門，放鬆緊繃的肌肉，感覺有什麼東西從指尖滑落。

加上奈良坂同學之後一共三人的回家路，和平常的歸途差異太大。要人不緊張實在太難。

為了避免有個什麼萬一導致奈良坂同學走錯，我鎖上自己房間的門，打開冷氣，鬆開領帶，換掉制服。涼風吹上汗濕的肌膚，相當舒服，我好不容易才克制住自己沒輕率地把感想說出口。

此刻奈良坂同學也在家裡。

平常光是有綾瀨同學在，我就已經會顧慮製造的聲響，有奈良坂同學這個徹底的外人就更別提。

7月20日（星期一）

想到這裡，我突然發現一件事。

腦中非常自然地浮現「徹底的外人」這個概念。它的前提，就是還有不屬於這一類的外人在。

綾瀨同學，以及其他外人。能夠像這樣區分，恐怕表示我和她的關係已經愈來愈接近家人了吧。

我換上便服，走出房間。到餐廳拿飲料時，我看見綾瀨同學在起居室攤開教科書，請奈良坂同學教她。大概是為了配合朋友吧，綾瀨同學身上也還是制服。

兩人都一本正經。回家路上都在鬧的奈良坂同學，也教得很認真。

為了別打擾她們，我小心翼翼地打開冰箱，將麥茶倒進裝有冰塊的杯子。我盡可能避免發出聲響，慢慢地走回自己房間。

我將杯子放到矮桌上，自己盤腿坐下，手機啟動漫畫App。這兩週有考試，沒什麼時間看漫畫，於是我趁機會追趕累積的連載進度。

今天沒有打工，可以久違地過一段悠然自適的時光。

差不多過一小時後，想看的連載進度已經看完了。

正當我準備點擊搜尋按鈕發掘前陣子丸推薦的作品時，突然停下動作。

手機畫面的左上，現在時刻映入眼中。

下午五點。

差不多該開始準備晚飯的時間了，於是我拿著手機站起身。

平常會由綾瀨同學負責，不過明天有重要的現代文補考。得讓她盡可能多點時間用功才行。

我走到起居室，綾瀨同學抬起頭來。

「啊，抱歉。差不多到時間了對吧？如果你今天願意吃些比較不費工夫的就再好不過。」

「沒關係，坐著吧。由我來，妳繼續用功。」

「咦？這樣嗎……？」

我盡量露出能讓人安心的微笑並走進餐廳，原先把筆擱下準備起身的綾瀨同學則是傻眼地坐了回去。

「今天沒打工，又碰上這種時候嘛。妳現在就專心用功吧。」

「……謝謝。你幫了個大忙。」

她的輕聲回應裡帶著困惑，但確實是在道謝。

旁邊看在眼裡的奈良坂同學，「呵呵～？」地手摸下巴模仿起偵探，同時向貓一樣瞇起眼睛。

「不錯耶。有好丈夫的味道喔，淺村同學～」

「妳這是在扮演什麼角色啊？」

「藝術評論家！」

「完全搞不懂。」

我一邊進行情報量零的對話，一邊單手操作手機確認食譜網站。

一個人時，我會簡單地用微波咖哩之類的解決——我稍微確認了一下櫃子。裡面都是同居開始前買了放著的，包裝上以鮮紅字體強調著「超辣」。

自從開始和綾瀨同學她們母女一起生活之後，由她們下廚的次數增加，微波食品和冷凍食品的消耗速度隨之減緩。這份咖哩，也是家裡只有我和老爸兩人時候就買的。

換句話說，完全沒考慮過其他人對於辣度的偏好。

這一個月，綾瀨同學和亞季子小姐端出來的料理，沒有什麼調味強烈的，將原本會辣的菜色調整成偏甜反而比較多。我想，她們應該無法接受超辣吧。

說穿了，與其我一個人左思右想，不如直接問本人來得快。但是，奈良坂同學在家裡，要當著她的面問得這麼直接，讓我有些猶豫。

正如「小孩子的舌頭」是種調侃用法一樣，若是談到包含辣度忍耐力在內的味覺偏好，有可能嚴重傷及別人的自尊。

咖哩就算了。還是向身經百戰的主婦們求教，仰賴她們的智慧吧。一支智慧型手機就能連到無數食譜，生在方便的時代真是太好了。

「好，來做吧。」

我鼓起幹勁，下廚做菜。

以結論來說，我失敗了。

不，不對。我連談論成功失敗的資格都沒有。幾乎毫無自炊經驗的我，把自己看得太高了。

理所當然出現在食譜中的那些詞語，全都難以理解。

低筋麵粉是什麼？和家裡的中筋麵粉有什麼不一樣？預先調味？這是怎樣的步驟啊？熟透之後把盤子拿出來？判斷熟透的標準太不明確了。燉煮五到十分鐘左右？這個幅度是怎樣？要怎麼判斷？

不行。料理的基礎知識欠缺太多，就連食譜都看不懂。感覺比綾瀨同學挑戰的現代文考試還要難上好幾倍。

……總之先煮飯吧。至少我還會洗米、設定電子鍋。最糟糕的情況下，只要有煮好的白飯，配點海苔醬之類的也能應付過去。

把困難的工作往後挪，從會做的開始。想到這裡，我開始放空腦袋洗米。我很清楚這是在逃避現實。啊，手被水沖得好冷。

就這樣洗好米、設定好電子鍋的煮飯時間之後，某人踏入廚房。

「淺～村～同～學～」

「奈良坂同學。要喝飲料的話，可以從冰箱隨便拿。」

「不是啦～不是這樣，我是來看淺村同學的狀況。你是不是面臨苦戰啊？」

「妳在哪邊裝了攝影機？」

我不禁環顧廚房。

「沒有偷拍啦！因為突然感覺到有人煮飯，所以我在想，你是不是對做飯的順序不太熟。」

「意思是……一般來說不會先煮飯……？」

「雖然也要看各家庭的習慣就是了。因為飯只要一小時就能煮好，所以我們家會從需要做事前處理的菜開始弄喔。」

「原來如此……唉呀，真是丟臉。」

原本輕率地以為，只要看食譜網站總會有辦法搞定，看了之後卻發現連用詞都不懂，要查又意外地花時間，所以打算先從已經弄懂的步驟開始——我老實地向她說明這些。

奈良坂同學聽到後，「原來如此啊～」地點點頭，然後快步走回起居室。

「欸，沙季。剩下的只要反覆練習就行了對吧？」

「嗯，多虧有妳在。」

「那麼，接下來妳就一個人奮鬥吧！淺村同學要做飯，我去幫他一下。」

「咦？啊，嗯。不過，總不能麻煩妳到這種地步。」

「沒關係、沒關係。就讓你們看一下真綾我的主婦力量吧。哼哼♪」

「這、這樣啊。謝謝，我很期待喔。」

綾瀨同學疑惑地瞄了我一眼。我映在她眼中的臉，也染上了同樣的困惑。

「好～所以說呢，我就來指導鞭策一下你這位料理初學者吧，請多指教！」

「啊……請、請多指教。」

幹勁十足、活力充沛的奈良坂同學，挽起制服袖子露出上臂靠過來，氣勢被她壓倒的我點了點頭。

指導鞭策云云通常是由接受指導的那一方來講——我連吐槽的力氣都沒了。

「那麼，我們開始吧。對於想做什麼，你有沒有概念？」

「概念……什麼的我不太清楚，不過總而言之，我希望綾瀨同學明天補考時能好好發揮。有充足的維生素和蛋白質應該比較好吧？」

「ＯＫ，雖然老套，不過就咕咾肉吧。我看看……喔，有耶。」

奈良坂同學打開冰箱，從裡面拿出豬肉。

我突然有個疑問。

「怪了，我們家有可以拿來做咕咾肉的豬肉嗎？我記得咕咾肉要用比較大塊的那種對吧。」

「嗯，如果有做炸豬排的那種肉會比較簡單。不過，一般的五花肉也行。有不少食譜也這麼寫喔。」

聽她一說，我試著搜尋網站，確實找到了好幾個用五花肉做咕咾肉的食譜。

「重點在於肉的切法喔。」

奈良坂同學得意地挺起胸膛，擺出師傅教導徒弟的模樣，不過這回我完全無法質疑她的態度。

實際上，奈良坂同學的廚藝很完美。她不用看食譜就從冰箱裡拿出了需要的材料和調味料，轉眼間東西都已湊齊。

之後又俐落地把肉和蔬菜都處理好。

而且，還是一邊弄一邊教我。

可能是因為理解透徹吧，她的教法連初學者也容易弄懂，再加上她會同時做給我看，看著看著就讓人覺得自己也做得到了。

「真厲害。奈良坂同學就像家政老師一樣。」

「咦～我比較想要帥氣一點的耶。像是留法歸國的一流廚師。」

「這麼一來，就不是在形容妳教得好啦。」

「的確！」

奈良坂同學「啊哈哈」地笑得很開心。

「不過淺村同學也很厲害喔。你學得很快，會讓人想傾囊相授。」

「我覺得那是因為妳教得好……話說回來，綾瀨同學廚藝也很好，難道說這些菜同學們都會做，只是我不知道？」

一想到有可能是自己太嫩，我的聲音就顯得有些緊繃。

雖說樣本只有兩個不能拿來統計，卻會讓人考慮某些假設。

「啊哈哈，再怎麼樣也不至於吧～雖然像是自賣自誇，不過我自認屬於廚藝好的那一邊喔。」

奈良坂同學開朗的笑聲，將我的些許不安一掃而空。

……太好了。

勉強保住顏面，老實說讓我鬆了口氣。

「我啊，有很多弟弟。父母都要工作，家裡的事很多都得自己來嘛。今天是媽媽在家所以我能過來，不過這種日子很罕見喔。」

「這麼說來，雖然妳上個月來過……不過之後就沒再來了呢。」

「對。差不多每個月一次就是極限了吧。」

能夠自由自在到外面玩的機會，每個月只有一次。以高中生來說相當不自由。

在這種情況下還能保持優秀成績，要不是比丸更懂得念書的訣竅，就是努力程度非常誇張吧。

儘管這人常常亢奮過度，最近甚至讓我懷疑她是個怪胎，不過看樣子有重新評估的必要。

「淺村同學你啊，和沙季之間真的什麼都沒有嗎？」

搞定咕咾肉之後，為了準備味噌湯，我在奈良坂同學的指導下把味噌溶進滾水之中，此時她突然冒出這個單純的疑問。

「要是有就糟糕了吧？」

「但不太能算是家人吧？而且你們沒有血緣關係。」

「戶籍上有親屬關係所以不行。話說回來，妳為什麼這麼在意我和綾瀨同學的關係啊？」

「要問為什麼，我也不曉得該怎麼回答耶。總覺得啊，沙季好像變了。」

「這不過是妳的感想吧……」

「是感想呀？呃，我倒想問把個人感想抽掉之後要怎麼說話耶？」

「……的確。」

我被人家用感情駁倒了。

只有我這種溝通能力弱的人，才需要在一般對話之中整理出一套邏輯。像奈良坂同學這種能夠自然交流的人，想來根本不需要什麼磨合，靠直覺和反射就能對話了吧。

「好比說啊，沙季用的香水分量變重嘍。有注意到嗎？」

「完全沒有。」

「太好了。要是有注意到，我會覺得有點噁心。」

「拜託別問些有陷阱的問題。」

幸好我活得很誠實。

家裡住著一個幾乎等於外人的女孩子，儘管不能說完全將這件事不放在心上，但我自認有克制住自己不去盯著人家看或在意人家的氣味。

「香水的用量能看出什麼啊？」

「現在是夏天吧？光是走路就會流汗，對女生來說是個很煩惱的季節喔。因為不想一身汗味，所以會多灑點香水、用很多止汗貼、用味道比較重的洗髮精……唉呀，總之有不少對策就是了——特別是開始關注異性的女生。」

「原來如此。」

「去年沙季頂多就是用止汗貼。實際上，她的體質好像沒那麼容易流汗，這樣就足以應付，照理說不會有任何問題才對。」

「意思是……今年變多了。」

「沒錯！感覺是能採取的對策都做了。一定是因為意識到喜歡的對象！名偵探真綾的直覺這麼告訴我喔，華生老弟。」

「喔～」

「還『喔～』呢，反應好平淡！真是的，聽到那麼可愛的女生有可能意識到自己，你一點感覺都沒有嗎？」

「就算妳這麼說……我也只覺得這是理所當然……」

「看吧！你們果然兩情相悅！」

「不是啦。」

我制止了自顧自興奮起來的奈良坂同學。

「既然和幾乎等於外人的異性住在同一個家裡，為了不要失禮而在氣味上面花點心思，這種想法一點也不奇怪吧？」

我也會這樣。

和老爸兩個人住的時候，就算頭髮亂翹、眼神渙散、身上穿著有汗味的睡衣，我也能不當一回事地在家裡晃來晃去。

但是現在不行。

綾瀨同學，以及亞季子小姐。在「很可能被兩位幾乎等於外人的女性看見」的狀況下，我可沒有展現自己邋遢樣的勇氣。

——像這樣的念頭，最近會出現在我腦袋裡。

「咦～是這樣嗎～」

「奈良坂同學要是經歷過就會懂啦。應該吧。」

「嗯……啊。」

不滿地嘟起嘴的她，突然看向餐廳另一邊——起居室的方向，然後好像發現什麼似的倒抽一口氣。

接著她輕輕頂了一下我的側腹，有些興奮地小聲說道。

「瞧，看到了嗎？沙季在看這裡。」

「綾瀨同學嗎？」

聽她這麼一說，我看向起居室。

和綾瀨同學四目相視。

她瞬間「啊」地張開嘴，隨即將視線挪往下方。

除了眼睛的些許動靜之外，表情和臉色都沒有任何變化，只剩下和平常一樣的冰山美人低頭面對參考書。

「應該是聽到人家在講自己而分心吧？畢竟奈良坂同學聲音很大嘛。」

「咦～我覺得鐵定是ＬＯＶＥ耶～」

「好好好，喜歡八卦也要適可而止。要是對現實的朋友玩得太過火，會讓人家不爽喔。」

「很遺憾，沙季早就說我很煩啦。她不會覺得我更煩了～」

「為什麼妳會覺得能拿這個來嗆人啊？」

陽角的節奏我果然無法理解。雖然不是壞人，但跟不上就是跟不上，這也無可奈何。

就在這樣東拉西扯之下，味噌湯也好了，晚飯準備全部搞定。

我看向時鐘，已經差不多要下午六點半，電子鍋也奏響了飯煮好的效果音。

「Nice timing～到了真綾料理教室結束的時間嘍。」

用奇怪語調講起英文的奈良坂同學，脫掉做菜時一直穿在身上那件綾瀨同學的圍裙，走向起居室。

7月20日（星期一）

「用功暫停。去補給營養，沙季中校。」
奈良坂同學撲了上去，從背後抱住還在念書的綾瀨同學。
綾瀨同學剛剛大概是邊聽音樂邊念書吧？她拿掉耳機，一臉無奈地說道。
「為什麼突然有了官階啊……不過，謝謝。明明是我們家的晚飯，卻麻煩真綾妳幫忙。」
「小意思、小意思。那麼，時間也差不多了，我要回去嘍。」
「咦，不吃完飯再走嗎？」
「雖然今天有媽媽照顧弟弟，不過好歹晚飯要一起吃。何況這是能享受媽媽味道的寶貴日子。」
能夠若無其事地笑著這麼說，證明一家人感情很好。
對於從小看著父母感情惡劣長大的我來說，她實在太耀眼了。
奈良坂同學以和軍人口吻相稱的高速收拾好東西，親切地舉起手說了句「那再見啦」便走出起居室。
在門前擦身而過時，她露出詭異的笑容，以只有我能聽到的音量悄聲說：
「讓你們獨處♪」

「不，就說了……」

「那就這樣啦～拜拜～♪」

她連說一句「不是啦」的機會都不給，揮揮手跑開。

我茫然地目送她消失在門的另一邊之後，綾瀨同學走到我旁邊，訝異地問：

「怎麼啦？該不會，她對你說了些什麼莫名其妙的話？」

「……不，沒事。只不過……」

「只不過？」

「她是個怪人。」

「這倒是真的。」

得到贊同了。

說不定，這是我們成為兄妹之後第一次產生共鳴。

「啊，好吃。」

晚上七點。

如此這般之後和往常一樣，只有兩人坐在餐桌旁吃飯。夾起大盤子裡咕咾肉送入口中的瞬間，綾瀨同學瞪大了眼睛。

在萌生「太好啦！」的喜悅之前，「還好」的安心感先一步滑過我心頭。

「妳能看得上眼就再好不過。」

「咕咾肉這個選擇，有種特地為我著想的感覺。」

「……真敏銳啊。」

果然在平常就會下廚的人眼裡，這是一道看得出意圖的菜。

「謝謝。這份心意，讓我很高興。」

「不客氣。話是這麼說，不過要謝還是謝奈良坂同學吧。」

「這些全都是真綾做的？」

「不，嚴格說來是我做的。雖然她在旁邊從頭講解到尾，不過重要的部分幾乎都沒出手而是讓我來……這讓人覺得，她很有當老師的天分。」

「我懂。如果是我，看見初學者慢吞吞就會搶過來自己做。」

「我懂。實際上，這樣可能也比較安全嘛。」

不過，奈良坂同學直到最後都沒放棄指導。而且她學業成績優秀，說不定很適合當幼兒園的老師或是學校教師。

我試著想像奈良坂同學面帶笑容照顧小孩的模樣，感覺相當適合。

「書念得怎麼樣？」

「嗯，多虧你們幫忙，真綾幫忙弄的模擬補考題也解得很完美。」

「那就好。」

「雖然真綾看到我念現代文的方式之後，驚訝地說『繞這麼大一圈，效率不是很差嗎？』就是了。」

「實際上，這的確不是最快的方法。」

就算沒辦法完美解讀文章，只要能理解字面上的文意，一樣能輕易解答。不過這種解法僅限適合這樣解的人使用，只是因為做得到的人偶然地占多數，才被當成正解而已。

徹底到病態的邏輯性思考，會和欠缺彈性畫上等號。綾瀨同學就是這一類人，要在還有模糊空間的情況下解題，大概會讓她的腦自動上鎖吧

既然這樣的她，要在沒有模糊餘地的情況下完美解決現代文，那麼繞這點程度的遠路也是不得已。

以前，綾瀨同學曾給予好友奈良坂真綾的彈性思維很高的評價——大概就是因為這

樣，才會在班上受歡迎吧。

人容易受到與自己相反的人吸引。如果真是這樣，那麼將綾瀨同學放在奈良坂同學的正對面，就一點也不奇怪。

另外還有一個我能體諒的理由。

她很堅持要認同人的多樣性。厭惡成見和刻板印象，對於「進行精確的溝通」一事過於注重。

我原本以為，她是看到父親出於偏見對母親亞季子小姐進行精神上的虐待，才會產生這種堅持，但原因想必不止如此。

接下來的部分，只是我的猜測。沒有向當事人確認過，只是相當於圍觀群眾的低劣揣測。

我猜，她是在反抗。

那位無法尊敬的父親，留在她體內的血脈。頑固、僵化的思考模式。不容許半點模糊，想要親自分辨、認定黑白的傾向。

正因為如此，她才會頑固地想要保有彈性。

……再次強調，這是我猜的。

「不用擔心，會很順利的。明天正式上場想必也不會有問題。」

「……這樣啊。」

大概是誤會我暫時沉默的理由了吧，綾瀨同學露出微笑要我安心。

剛剛想的那些不能老實說出口，所以我也沒特別訂正。

「我會幫妳加油的，綾瀨同學。」

「謝謝你嘍，淺村同學。人事已盡。再來，就是等待天命。」

她拿筷子的手多了幾分力道，又夾了一塊咕咾肉送進嘴裡。

好吃——她說。

這段吃飯時間，她一再地說「好吃」和「謝謝」。

命運的補考。

綾瀨同學的暑假，會是自由時間還是受到無益拘束，拍板定案的重大時刻即將到來。

明明事不關己卻無法置身事外，儘管我自己也覺得有些不對勁，卻還是把這種潑冷水般的情緒輕輕壓下，老實地在心裡為努力的義妹打氣。

——加油，綾瀨同學。

7月20日（星期一）

7月21日（星期二）

今天地球的重力鐵定出了嚴重的問題。時間流動慢得讓人驚訝，所以不會錯。以我坐立難安的程度來看，如果有人告訴我這是人類科學進步帶來的諸多氣象異常之一，我說不定會信以為真，成為環保人士的一分子。

現在是放學時間。實在等了太久的放學時間。

也就是補考時間。

別說結業式前夕沒什麼勁的上課內容全部左耳進右耳出，就連下課時間和丸聊天的內容、中午吃的麵包是什麼味道，我也都不記得。滿心只想著一考完就要問結果，因此獨自留在已經空蕩蕩教室裡的我，突然回過神來。

……不，這樣算是干涉過度吧。太噁心了。

確實，為了讓綾瀨同學補考順利，我這幾天幫了不少忙。不過話雖如此，直接去問考試結果又顯得太沒禮貌。

反正在家一定會碰上綾瀨同學。我們又不是只能在學校見面，根本不用急。

「而且還有打工嘛。趕快回去吧。」

冷靜下來之後，我在空無一人的教室裡嘀咕。雖然沒有自言自語的興趣，但是一個不小心我有可能在教室裡生根，為了強迫自己動起來，我需要說幾句話。

覺得有點丟臉的我，把東西收拾好，匆匆離開學校。

到頭來，打工時我也完全無法專心，工作情況非常慘烈。結帳時一再地算錯、按錯，就像新人一樣糟糕。上一次真的因為自己犯錯而向顧客致歉，已經是很久以前的事了。

「後輩，你沒事吧？」

「……應該吧。啊，我先走一步。」

要回家時讀賣前輩擔心地詢問，我也只能簡單地這麼回答。

倘若騎自行車時發呆就糟了，所以我一路上小心翼翼，好不容易才平安到家。踩踏板時之所以自然地愈踩愈用力，搞得像是一路狂飆，大概能說明我有多想知道綾瀨同學的考試結果吧。

7月21日（星期二）

為什麼會這樣呢？就連自己的考試結果，我都沒在意到這種地步。

我腦袋裡想著這些，踏進公寓，搭乘電梯上樓，走向自家。

——喀洽！

轉動門把的瞬間，一個響亮的聲音隨著鬆懈感傳出。照理說要開的門沒有開，卡住了。看樣子門還鎖著。

這就怪了。

我打工回來時，如果綾瀨同學在家，通常會看準我到家的時間幫我開鎖。雖然這樣不利於防盜，所以我叮嚀過她們要隨時鎖好，不過她淡淡地表示，這間公寓的入口有自動鎖，不速之客難以入侵，萬一我忘記或弄丟鑰匙，她就必須放下手邊的事應門，這樣會很麻煩。既然她都說了，我也就接受這種做法。

儘管她搬出很多理由，不過我總覺得這是體恤我打工完很累，要讓我省下拿鑰匙的力氣……或許只是我的錯覺。

總而言之，現在門鎖著。我掏出鑰匙，插進鑰匙孔裡。門輕而易舉地開了。

看樣子不是門鎖故障。

「我回來了……綾瀨同學？」

我在踏入屋內時出聲。

家裡一片黑暗。

開燈後穿過走廊，來到起居室。這裡也一樣，在我開燈之前是一片黑暗，完全沒有人的氣息。我看向開放式廚房，連準備晚飯的痕跡都沒有。

我心想她也許在自己房間裡睡覺，於是轉頭看向走廊，但是綾瀨同學房間的門關著，看不見裡頭的樣子。

我回到門口確認鞋子，發現綾瀨同學平常穿的那雙鞋不在。當然，老爸和亞季子小姐的鞋子也不在，只看得到我剛才穿過的運動鞋。

也就是說，這個家裡只有我在。

我拿出手機確認時間，現在是晚上九點半。今天以前，綾瀨同學從來沒有在這種時間不說一聲就外出。

背後竄過一陣惡寒。

補考結果不佳，大受打擊……可能是因為最近看了悲劇收場的愛情片吧，我腦中浮現糟糕的結果。

再怎麼樣也不至於攸關性命才對，希望如此。

7月21日（星期二）

然而綾瀨同學的自我要求，卻有可能把她自己逼得走投無路。

今天，我之所以整天坐立難安，之所以反常地想過度干涉，提早得知結果，也是因為有種不祥預感。

徹底到病態的邏輯性思考。加上討厭自身這種特質，希望保持彈性思考到了異常的程度。這種自我否定，不管怎麼想都對心理衛生有害。

拜託我和奈良坂同學提供課業上的協助，以她的行事風格來說是在勉強自己。

如果扭曲自己到這種地步，補考卻還是沒有好結果呢？

「……」

回過神時，我的手指已經滑過手機，用ＬＩＮＥ發送訊息。

——妳在哪裡？

除了束縛之外什麼都不是的一句話。我一直認為，若要和綾瀨同學維持一段圓滑的家人關係，有些話絕對不能說，這就是其中之一。然而此時此刻，就算是忌諱到這種地步的話語，我依舊沒辦法不用。

我不想後悔。如果事後只有自己丟臉，那也沒關係。

五秒——十秒——三十秒——

然後，一分鐘。

沒有已讀。LINE的畫面沒有任何變化。

不行。不能等。等不下去了。

我整個人彈了起來，奔向玄關，急急忙忙穿好鞋子，以自己都想質疑怎麼回事的粗魯動作開門，衝到公寓的走道上。

電梯不知不覺間已經被叫到一樓。我按下按鈕，焦急地等它上來。

噠、噠，腳尖每一秒都在點地。右腳焦躁得連我自己都想笑。這麼做也不會讓電梯加快——即使理性如此勸諫，也沒有半點效果。噠、噠、噠，只有腳尖點地的速度加快。

小說看太多、電影看太多。正如最近年輕人常被這兩句話揶揄一樣，連我自己都覺得，我只是受到虛構作品影響而沉浸在奇妙的英雄主義之中。現實不可能發生此刻我想像中那種悲劇性發展。

但這個國家每天約有兩百個高中生選擇自我了斷，也是無法動搖的事實。

會讓他人說出「就為了這點小事」的理由，也可能讓人輕易地走上絕路。

多達三百萬人以上的高中生裡，只有區區兩百人。會碰上才稀奇的少數。

不過若真要這麼說，綾瀨同學看起來像是多數派嗎？怎麼看都不像。

或許是因為我缺乏和他人接觸的經驗才會這麼想，不過在我看來，她的性格、行動，都和常人不太一樣。就算列入兩百人那一邊，也不足為奇的程度。

「叮」的一聲，聲響的日常感與我的焦躁感成反比。電梯到了。門一開，我急著往裡面衝，差點和走出來的人撞個滿懷。

「哇！」

「啊……」

雙方各自避開，以奇怪的姿勢拉開距離。

對方退進電梯裡，我則是側身想繞路擠進去。

結果，兩邊都留在電梯裡。

驚訝使得思考和身體停擺，我們四目相識，看清楚對方的模樣之後才開口。

「呃……綾瀨同學？」

「淺村同學……你要去哪裡？都這個時間了。」

電梯裡，一手提書包一手拿購物袋，身上穿著制服的高中女生。綾瀨同學瞪大眼睛這麼問我。

「啊～不，那個，呃……該怎麼說呢，那個……」

我說不出話來。受到電影影響，滿腦子英雄主義，所以擔心起綾瀨同學——這種話我根本說不出口。

背後傳來電梯關門的愚蠢聲響。

對啊。正如眼前冷靜理智的綾瀨同學不是虛構作品裡的妹系角色一樣，現實裡發生的總是些無聊小事，根本不可能出現「飛奔而出的主角恰巧在一個浪漫又視野好的地方演出最精彩的情節」這種事。

現實既不是能夠眺望街景的大廈頂樓，也不是夜晚的山丘，只是自家公寓的寒酸電梯裡。

「因為妳還沒回來，又聯絡不上。我在想會不會是看到考試結果後大受打擊，躲在哪裡哭……」

我換了個委婉一點的說法。已經知道什麼事都沒發生的此刻，要是誠實地說出自己以為攸關性命，恐怕會超出我羞恥心的極限。

「啊哈哈。讓你擔心了。還有，真的很抱歉。」

綾瀨同學輕笑著道歉。

然後，她微微低下頭。

「補考的結果啊。嗯，老實說……應該算是不怎麼好吧。」

「咦？」

果然成績不佳嗎？

在擔心的我面前，她放下購物袋，從書包裡拿出一張試卷遞過來。

94分。

我記得補考的及格標準應該是80分。

「明明及格了嘛。不要嚇我啦。」

「淺村同學，你現代文是96分對吧？沒能贏過你，我不甘心。」

「什麼嘛，是這個意思啊？」

看見綾瀨同學不滿地嘟起嘴，我鬆了口氣。

話又說回來，拿原本不及格的科目來和我的擅長科目較量，可以看出她的自我要求有多高。

「抱歉讓你擔心了。剛好，我去了平常不會去的另一家店買東西。」

說著，綾瀨同學再度提起放到地上的購物袋，亮給我看。

上面有澀谷某家百貨公司的標誌。

「妳特地去百貨公司啊？」

「沒錯。因為可以用比平常那間超市便宜的價格，買到高級一點的食材。不用擔心，我是看準特價買的，餐費和平常一樣。」

「厲害，精打細算。」

「畢竟是暫定主婦嘛，這點小事當然該懂。」

「好一個不可思議的自創詞。」

「要用一個詞涵蓋，應該就是這種感覺吧？雖然沒打算今後都靠做家事謀生，但我現在主要是承包家庭主婦的業務。」

「確實，這麼說倒是很像一回事。」

不過，沒想到綾瀨同學會玩這種文字遊戲。她突然使出讀賣前輩那招讓我嚇了一跳，真希望有個預告。不，就算做好心理準備也很難應付，前輩已經替我證明了這一點。

「不過，這樣好像無法解釋為什麼要去百貨公司耶？該不會是要慶祝補考完畢，所以想吃得豪華一點？」

「50分。對一半，錯一半。」

「標準答案是？」

「向你道謝……用這種說法，聽起來或許會有點施恩望報的感覺，不過大致上算是我的真心話。」

綾瀨同學略微別開目光，以平淡的語氣這麼說道。

「我沒做什麼值得道謝的事，都是對等的交易。畢竟在這之前，我完全沒能做到妳的要求。」

「我的補考，你幫了不少忙。像是告訴我可以當背景音樂的低傳真嘻哈、教我現代文的訣竅。昨天還幫忙做晚飯。」

「一個多月以來，妳幾乎每天都幫忙做飯，我做的這些還遠遠抵不上妳花費的工夫就是了。」

「我說過了吧？互相幫助要多付出一點。某個知名的銀行員也說過，人家給了多少就要加倍奉還。」

「那是報仇吧？」

「差別只在於正面和負面而已，本質上和復仇一樣。我希望盡量讓淺村同學你吃到一些比較奢侈的味道。」

「綾瀨同學……」

妳這個人也太講義氣了吧。

在我看來，得到太多的人明明是我，反倒是我該思考怎麼回報才對。綾瀨同學卻想做得比我回報她的還要多。

我實在很想知道，要怎麼讓這個義妹停止沒完沒了的付出，老老實實接受哥哥的好意──正當我滿腦子都是這種在世間為任性妹妹而苦惱的哥哥眼裡實在太過奢侈的煩惱時。

綾瀨同學的突然沉聲說道。

「還是說……如果不是年長的前輩，你就沒辦法坦誠地依賴對方？」

「咦？」

意料之外的一句話，令我不由得回問。

值得依賴的年長前輩，聽到這句話，我腦中浮現的名字只有一個。

讀賣栞。打工地點那位可靠前輩的名字。

……怪了？

這是怎麼回事？有種難以言喻的焦躁感，從內心深處浮上表面。雖然不曉得理由為何，但是一看見綾瀨同學的臉，便有股尷尬湧現。

「妳是指……讀賣前輩？為什麼會在這時候提到前輩？」

「淺村同學能安心託付背後的對象。據我所知，應該只有她吧。」

「這個嘛，因為打工的班表重疊啊。」

一開口，我就覺得喉嚨乾渴。明明講的是實話，卻不知為什麼像是在找藉口，讓我覺得於心有愧。

我輕輕搖頭。自己到底在想什麼啊？可能是因為胡思亂想後為綾瀨同學擔心所帶來的反饋吧，心臟跳得令人生厭。

難道說，會像電影登場人物那樣喪命的人是我？腦裡又開始有些沒用的妄想，我這人還真是難搞啊。

「可以依賴我喔，就像你依賴打工地點的那個人一樣。在家的時候，依賴我就行了。你能不能接受這個要求？就當成是妹妹的任性。」

綾瀨同學歪著頭，簡直就像個真正的妹妹。儘管她也能有這種小惡魔般的舉止令人十分驚訝，但是提的要求實在太利他了，我不禁在內心苦笑。

不過她都做到這種地步了，身為哥哥還是該屈服吧？

「今天呢，是不是只要乖乖享受大餐，就算是達成任務？」

「嗯。如果是這樣，我會很高興的。」

說著，綾瀨同學滿足地點頭。

自己明明是付出的那一邊卻感到高興，實在很奇怪。

不過，這就是現實。正因為不是故事，所以沒辦法明確畫出契機與結果一對一的圖。正如自然生成的物體，偶爾會產生和人造物不同的扭曲外型一樣，這種不協調的感覺，大概就是現實之所以是現實的理由吧。

「……我們要在這裡待到什麼時候啊？」

「是啊。幸好沒有人按電梯。」

儘管電梯一直載著我們兩個停在這一層樓，不過差不多也久到會讓人懷疑是惡作劇的程度了。

這種奇妙的密室狀態實在很好笑，我和綾瀨同學相視而笑，沒受到任何阻礙便逃離這座僅需一個按鈕即可搞定的監牢。逃離過程沒有發生問題，這點也相當現實。

進了家門，綾瀨同學開始準備遲來的晚飯。此時我想到某件事，於是開口：

11
12

「啊，這麼說來，我可以再問個問題嗎？」

「什麼問題？」

「我用ＬＩＮＥ傳了訊息，為什麼妳沒有回應？」

「喔，那個啊。」

綾瀨同學神色自若，將手機遞給我。手機似乎已關機，畫面一直是黑的，毫無反應。即使長按電源按鈕，也沒有重新啟動。

「你告訴我的低傳真嘻哈。可能是我都邊念書邊聽的關係吧，最近電池消耗得很快，常常注意到時已經沒電了。」

「喔……沒電啊。原來如此。」

真相總是這麼平淡、無趣。

這時候，如果我真的夠冷靜，或許會注意到這一連串互動裡藏有很大的謊言，也會注意到某些不對勁之處。之所以完全沒想到，大概是因為我真的很擔心，而且腦袋在放心之後停擺了。

夜裡入睡之前，我突然注意到這點，導致有個重大疑問留在腦中，不過這時已經錯過了詢問的機會，真相只能永遠沉在黑暗裡。

如果想知道這個疑問的答案，恐怕只能看綾瀨同學的日記吧。

雖說澀谷的百貨公司比家附近的超市遠，不過九點半回家**再怎麼說也未免太晚了吧**？

7月22日（星期三）

積雲聳立，直追澀谷的高樓大廈。

從白雲後方露臉的青空，宛如藍屏。

夏天終於正式到來。

水星高中的第一學期到今天結束。換言之今天是結業式。

假期當前，教室裡的鬆懈氣氛也轉為亢奮，即使教師厲聲制止也靜不下來。

「那麼，解散！各位，不要太放縱喔！」

這句話成了信號，教室裡就此進入暑假。一臉無奈的教師搖搖頭，但是已經沒人理會。

「那麼，我先走一步。」

這麼告訴丸之後，我站起身。

「喔，真急耶。」

「因為有打工嘛。」

「這麼快就要？還沒到傍晚喔。」

他驚訝地瞪大眼睛。

「我把排班提早了一小時。其實啊，有一個老手前輩不幹了，所以上面的要我盡可能早點過去。」

「還真辛苦啊。」

「所以說呢，我今天打算早點回去準備。」

「喔，勤勞青年加油啊！」

丸沒有多問，我也分秒必爭地衝出教室。

雖然只是提前一小時不需要這麼急，但是第一次往往會碰上出乎意料的狀況。我可不想發生「主動提出重新排班卻遲到」這種蠢事。

不過，這些擔心是杞人憂天，我準時抵達書店。

換好衣服走進店裡之後，我發現一件事。

客人不多。

我確認了一下時間，剛剛好比平常早一小時。光是這樣就會讓店裡的氣氛有這麼大的差別嗎?仔細一看，幾乎見不到返家途中的上班族。這也是理所當然，一般公司還在上班，人變多是接下來的事。

「後輩，你今天很早耶。」

回頭一看，讀賣前輩笑嘻嘻地揮著手走過來。

「啊，前輩。是啊，今天我請人家把我的班排得早一點。這麼說來前輩才是，居然已經上工啦？」

「我們系上從週一就開始放暑假啦～」

「畢竟是大學生嘛。」

「朋友抱怨都要做實驗，根本沒暑假就是了。理工科真辛苦呢。」

「換句話說，前輩很閒是吧？」

「所以才會在這裡呀。話說回來，後輩你暑假是排全天班嗎？」

「這個嘛，目前是這麼打算。」

聽到我的回答，讀賣前輩露出微笑，似乎很開心。那張笑臉可能會引來誤解，能不能別那樣笑啊？

「成天打工啊，和後輩待在一起的時間變多了，前輩我很開心喔。」

「拜託別調侃我啦。」

「不不不，這可不是調侃喔～只是純粹沉浸在和打工同伴一同流淌勞動汗水的喜悅之中罷了。不過嘛，後輩你或許比較想和可愛的妹妹一起流下青春的汗水就是了。」

「這還不是在調侃嗎？」

「穿幫啦？」

她輕輕吐舌，前後舉止簡直就像創作裡常出現的小惡魔型女主角，不過接著大前輩叫她去結帳時那種宛如被賣掉的悲哀神情，又像是疲憊的ＯＬ。呃，疲憊的ＯＬ我也只在創作裡見過就是了。

不過，讀賣前輩這麼一講我才想到。這是我和綾瀨同學成為兄妹之後的第一個長假。

雖說就讀同一間學校，但是班級不同，所以沒什麼機會見面。班際球賽前的體育課是特例。

但是到了暑假，我們都會待在家裡，見面時間或許會比先前來得多。

不，我還有打工，所以不盡然吧。

今年夏天，我排了不少全天班。換句話說，我不在家，是我自己減少了見面的機會。呃，我倒也沒有那麼想和她待在一起就是了。沒有喔？

我搖搖頭甩開詭異的思緒，打起精神準備處理今天分配到的工作。首先從整理書櫃和補充新書開始。

忙了一陣子之後，我的背發出哀嚎。因為書店的工作，意外地很容易讓人腰痠背痛，不是要抱著沉重的書本四處移動，就是要蹲在矮櫃前整理半天。

我喘口氣，十指交握伸了個懶腰。

背上傳來喀啦喀啦的聲響。

我活動了一下雙肩，發現視野角落有個眼熟的明亮髮色在移動。我連忙看去，見到某個裝扮眼熟的女生走進工作人員專用入口。

那是……

「淺村小弟，要是累了的話不用客氣，稍微休息一下比較好喔。」

回頭一看，是店長。

「那個……剛剛走進去的人是？」

店長往我剛剛看的方向望去，「喔」了一聲。

「接下來啊，要面試想來打工的新人。」

畢竟人手不夠嘛。得救了。

是個因為放暑假所以想打工的高中女生喔。

這麼說來她好像和淺村小弟念同一間學校呢。

店長的聲音感覺好遙遠。

「名字是？」

我反射性地問道，答案則是聽得清清楚楚。

「她叫綾瀨沙季。」

尾聲　綾瀨沙季的日記

7月16日（星期四）

搞砸了。雖然我原本就對現代文沒自信，卻沒想到會不及格。

我實在不擅長處理小說題啊。

儘管我討厭把不擅長的東西放著不管，所以試著找了參考書做了很多題目想要克服，不過到頭來，還是沒辦法在正式上場的短短時間內重現。

應該是考慮太多額外的東西了吧。

明明只要像淺村同學說的那樣，把焦點放在文意上，不用理解整個題目，直接回答就好，我卻怎麼樣都做不到。

人與人之間的誤會和苦惱，實在是莫名其妙。究竟怎樣的台詞是來自怎樣的思考，我完全搞不懂。

明明直接把自己想的說出來互相磨合比較快。隱瞞真心話就沒辦法溝通，根本不可能成就自己的戀愛感情。

……我知道。這樣只是在鬧彆扭。

話又說回來，淺村同學真會教人呢。

老實說，我原本有點想放棄。

多虧了他讓我重燃希望。

謝謝你嘍。

7月17日（星期五）

淺村同學推薦的低傳真嘻哈，真棒。

近似雨聲的雜訊很有氣氛。

這麼說來，我說不定很喜歡雨天時雨滴彈跳的聲音。

天氣不好反而能集中精神的，會不會只有我？

我都不知道海外流行這一類的音樂。

得感謝特地幫忙找的淺村同學才行。

不行，太專心了。天都要亮了。

得趕快整理一下上床睡覺才行。

以前聽人家說過，睡眠時間對學習能力也有很大的影響，何況熬夜似乎傷身又傷腦。

話又說回來，我居然能這麼專心。

這些音樂，效果真好呢。

好奇怪。

躺上床、閉上眼睛之後，就有多餘的念頭在腦裡迴盪。

大腦明明必須休息，卻開始為些奇怪的事運轉。

低傳真嘻哈。

告訴淺村同學的，應該是那位打工地點的美女前輩吧。

雖然這不重要。

為什麼明明覺得不重要，卻非得特地寫在日記上不可呢？

實在搞不懂。

7月18日（星期六）

真搞不懂事到如今還想把這種內容寫進日記的自己。

不管怎麼想都不合理。

照理說我根本沒有權利寫下這些事。

但還是要寫。

沒關係吧，只是自我滿足。反正日記就是寫來自我滿足的。

淺村同學晚歸。

打工晚上九點結束，所以通常到家是九點半，再晚也會在十點左右抵達。應該不出這個範圍才對。

儘管如此，今天卻過了十點半還沒回來。

我想趁著去冰箱拿飲料時，順便問媽媽他們。

今天很罕見地，媽媽和太一養父（爸爸）都待在家裡。

晚上他們兩個邊看電視邊聊天。

忙著工作的兩人同時休假真的很難得，我不太想打擾夫妻相處的時光，不過這是逼不得已。

我試著問他們淺村同學的事。

我問，回家太晚了吧？沒問題嗎？

然後得到這樣的回答。

悠太好像和打工地點的女生去看電影了。

打工地點的女生。

我沒接到這樣的聯絡。

不，我懂，因為沒理由通知我。

如果高中生沒知會家裡任何人就夜遊，挨罵也是難免，不過既然已經告知太一養父，要求更多就只是多管閒事。

淺村同學也有他的社交圈。

和一兩個女生有交流也不足為奇吧。

會不會，就是那個人啊？

傳說中那位推薦低傳真嘻哈給淺村同學的美女前輩。

如果是這樣，就有點討厭。

啊，後悔。果然，寫成文字以後，輸出的結果總覺得和真正的感情不太一樣。

雖然知道的詞語之中，最接近的就是「討厭」，但是一個沒見過面的書店店員，照理來說根本無從討厭起。

真的，糟透了。

討厭這個明明對那人一無所知，卻靠著片段情報和成見輸出負面詞語的自己。自我嫌惡。

心裡好悶。

不知怎地，想在淺村同學回來時對他說聲「你回來了」，所以我沒回自己房間，而是待在起居室念書。

直到媽媽他們說「晚安」，寢室也關上燈之後，我依舊一個人留在起居室念書。

※隔天，補充。

糟糕。我睡著了。

果然是因為昨天拖到早上才睡，卻在中午就醒來的關係吧。

短眠的害處。

到頭來，我還是沒撐到淺村同學回家的時間。也沒能和他打招呼。

這麼說來，我身上蓋了條毛巾被，是淺村同學幫我蓋上的吧，大概。

想到這裡，就覺得昨晚那股鬱悶，好像稍微散去了點。

雖然，我不太明白是為什麼。

這是怎樣？

7月19日（星期日）

那就是傳說中的美女前輩啊……真的好漂亮，嚇了我一跳。

決定去買參考書和小說增進現代文能力時，我自然而然地走向淺村同學打工的地方，就結果來說就像自己在在意些什麼一樣，這點真的該反省。

讀賣栞。

好美的名字啊。

愛書、被書所愛，也被愛書人所愛的名字。

可能因為是大學生吧，她顯得很成熟，而且她不止漂亮，也有可愛的一面。

又和淺村同學很合得來。

真的很相配。能和那樣的人在一起，淺村同學應該很幸福吧。

這麼說來，那間書店貼著招募打工人員的海報呢。

書店打工啊。

雖然可能算不上效率好的高薪打工，但是不亂抄捷徑而是腳踏實地存錢，或許也是個方法。

不過，這樣好嗎？會不會很噁心啊？雖說沒有血緣，不過終究是跑到哥哥打工的地方面試，一般來說不會這麼做吧。

不，慢著慢著。

現在不是因為打工等雜事分心的時候吧。

必須先通過補考才行。

專心一點，綾瀨沙季。

7月20日（星期一）

今天是補考前的最後衝刺。

真的很感謝幫忙的淺村同學和真綾。
要早點入睡，精神飽滿地起床，讓腦袋清醒再面對挑戰，所以日記也短一點。
咕咾肉，很好吃喔。
謝謝你們。

7月21日（星期二）

補考過關。
雖然結果出爐後怎麼講都行，不過老實說，我昨天就已經確定自己會及格了。
就像解開了一個綁得很牢靠的繩結一樣，有種確實的應手感。
多虧了淺村同學。也要謝謝真綾。
無論如何，這麼一來暑假應該能自由運用。可以一邊念書一邊慢慢打工存錢。
補考結束後，我決定在回家前先去一趟澀谷。

我打算再去一次淺村同學打工的那間站前書店。

我想仔細看看那張招募打工人員的海報，確認內容。

沒見到淺村同學的身影。他可能已經上班了，我不太想在這裡撞見他，所以盡可能遠離收銀台，避免被店員看見。

畢竟我不想被當成跟蹤狂。

我悄悄在店裡移動，確認海報。

就在我看著海報時，有個像是店長的人向我搭話。

他問我，是不是對打工有興趣。

我的表情有那麼明顯嗎？我自認是情緒不太會寫在臉上的那種人耶。

我下意識地回答「對」。

無法回頭了。

好像明天就要面試。對方要我拿履歷表過來。

我沒接受過打工面試，心想必須先練習，所以去了卡拉ＯＫ包廂。

雖然家裡也可以，不過一想到淺村同學有可能在家就覺得尷尬。

要是練習面試的時候被聽到，會讓我有點想死。

又沒辦法解釋。

要是問我為什麼會想在那家書店打工，我也答不出來。

這種事就連我自己都不知道，所以沒辦法。

我一邊用手機搜尋問答範例，一邊獨自練習。

儘管偶爾店員進來被看到我沒在唱歌會很尷尬，不過反正是以後都不會見面的陌生人，不要緊。

抱歉讓你擔心了，淺村同學。

看樣子會晚歸，所以我原本有想聯絡，可是這麼一來，感覺就得解釋為什麼會晚歸。去了你打工的書店、為了打工面試而練習……根本說不出口。

最近那種讓我鬱悶的感情，可能非得面對它不可了。

為了補償，我決定做一頓大餐。

反正都到了澀谷——於是我決定順道跑一趟百貨公司。

我買了還在預算容許範圍內的高級食材，因為我覺得，如果吃到好吃的東西，他應該會比較願意原諒我。

就算不肯原諒……嗯，也只能接受。應該吧。

晚歸的理由，說去了一趟百貨公司應該就能應付。至於聯絡不上，應該也可以推說手機沒電吧。如果只是要一套說得通的解釋，要想出多少都沒問題。

果然讓淺村同學擔心了。我好像還是第一次看見他那麼焦急。

電梯門關上之後，我們兩個聊了不少話。

在狹窄的空間裡，只有我們。

雖然是在公寓電梯這種不怎麼樣的地方，但是一起待在密室裡，就算是我也會緊張。

希望他不會覺得我身上有汗臭味。

總而言之，我已經準備好應付淺村同學的藉口。還好他信以為真了，不過在說謊的同時，我的腦中逐漸萌生某種不協調感。

現在的我，不就和小說裡登場的人物一樣嗎？

沒有將悶在心裡的感情老實拿出來磨合，只留在自己心裡，把它蓋住不去看，甚至說謊應付過去。

這麼做根本毫無意義。

明明只要直接說出真心話彼此磨合，就不至於惹出什麼意外或誤會，可以往正解之路邁進。

我在害怕。

這就是此刻我感受到的東西。因為，我隱約能夠理解，自己究竟是怎麼回事、對他又是怎麼想的。

就連這短短一語的感情，我都不知是否該寫成日記保留下來。

真是諷刺到了極點。

我居然自己變得像小說裡登場的人物一樣。

7月22日（星期三）

完了、完了、完了、完了、完了。

打工面試，沒想到那麼簡單就被錄用了。

淺村同學和讀賣小姐都有排班。為了別被看見，我回家時有加快腳步，這樣會不會有問題啊？

不，事到如今這麼做也只能拖時間。

已經逃不掉了。

必須對淺村同學解釋。要告訴他為什麼想在同一間書店打工。

我害怕解釋。

雖然害怕，卻也鬆了口氣。

當然會鬆口氣。因為，我總算能夠擺脫這種鬱悶之情。

我所不知道的淺村同學。

我所不知道的淺村同學與讀賣小姐的關係。

只要能接觸到一點，這種鬱悶又不舒服的感情，就能稍微舒緩一些。應該。

……真的，難以置信。

為什麼，我的行動主導權會落在他手裡呢？

而且淺村同學什麼也沒做。只是我自己繫上鎖鍊、自己綁住自己。

真是可笑的感情。

反正不打算讓任何人讀，我就為了警惕自己而寫清楚吧。

只要鎖在抽屜深處應該就行了吧？

問題來了，我，綾瀨沙季。

Q．請用一個詞語說明妳這種醜陋感情的真面目。

A・嫉妒。

後記

感謝您拿起小說版《義妹生活》的第二集。我是YouTube版原作&小說版作者三河ごーすと。這回的故事，焦點放在理性、冷靜、沉著的綾瀨沙季出乎意料的弱點上。這個因為認真過度而產生的弱點，捫心自問後發現自己和她一樣的讀者，是否也有不少呢？

決定治癒她、支持她的淺村悠太，向她介紹了低傳真嘻哈。其實我也有考慮在「義妹生活」的YouTube頻道上公開沙季聽的音樂。公開之後，還請務必聽聽看。非常適合念書或工作喔。

另外，沒想到這麼快就決定漫畫化了！作畫由奏ユミカ老師負責，我也是萬分期待。後續消息請上官方推特確認。

以下是謝辭。繪製插畫的Hiten老師、飾演綾瀨沙季的中島由貴小姐、飾演淺村悠太的天﨑滉平先生、飾演奈良坂真綾的鈴木愛唯小姐、飾演丸友和的濱野大輝先生、特典裡飾演讀賣琹的鈴木みのり小姐、包含影片導演落合祐輔先生在內的諸位YouTube版工作人員、參與本著作的所有關係人士，以及最重要的各位讀者與各位影片觀眾。謝謝你們。「義妹生活」今後也要請大家多多指教。

悠太與沙季成為無血緣兄妹之後的第一個暑假。
兩人的關係，不止在家中。
不知為何投履歷到悠太打工書店的沙季，
成了打工地點的後輩。

緩慢地改變

將哥哥的立場擺到一邊，
改以前輩身分對待她，
讓悠太發現了
過去從未見到的沙季另一面。

預定發售！

某天，和他們排班在同一時段的讀賣栞，
從沙季的樣子看出不祥徵兆。
「她那種嚴以律己、無法依賴別人的認真個性，
說不定有一天會毀了她自己。」——
悠太被迫抉擇。
不期待、不干涉過度——

要打破這個約定，
插手對她的生存方式
造成影響，
還是不要呢？
身為哥哥的他，做出的
「選擇」與結果是……？

描繪真實「兄妹關係」的戀愛生活小說第3集。

《義妹生活》第三集

豬肝記得煮熟再吃 1~4 待續

Kadokawa Fantastic Novels

作者：逆井卓馬　插畫：遠坂あさぎ

「我也想挑戰看看！戀愛喜劇！」
豬與少女洋溢著謎題與恩愛的旅情篇！

兩人獨處的嘍嘍蜜月！——雖然不是這麼回事，但豬跟潔絲以據說可以實現任何願望的「紅色祈願星」為目標，朝北方前進。儘管已經處於兩情相悅的卿卿我我狀態，潔絲卻似乎仍有什麼擔憂的事情……？

各 **NT$200~240/HK$67~80**

你喜歡的不是女兒而是我!? 1~3 待續

Kadokawa Fantastic Novels

作者：望公太　插畫：ぎうにう

笨拙的愛情攻防戰逐漸激烈失控！
超純愛愛情喜劇第三彈！

自從住在隔壁的左澤巧向我告白以來，彼此間的距離便急速拉近。沒想到女兒美羽居然向我宣戰……究竟由誰來和阿巧交往？一決勝負的舞台，是三人同行的南國之旅——泳裝對決及房間的家庭浴池。雖然不知道美羽有何意圖，但我也不能就此袖手旁觀——

各 **NT$220/HK$73**

神童勇者的
4
女僕都是
漂亮
大姊姊!?
Presented by Kota Nozomi
Illustration = pyon-Kti
插畫 ぴょん吉
望公太
Genius Hero and Maid Sister.
Kadokawa Fantastic Novels

國家圖書館出版品預行編目資料

義妹生活 / 三河ごーすと作；Seeker 譯．-- 初版．--
臺北市：臺灣角川股份有限公司，2022.06-
冊；　公分．-- (Kadokawa fantastic novels)
譯自：義妹生活
ISBN 978-626-321-531-3(第 2 冊：平裝)

861.57　　111005659

Kadokawa
Fantastic
Novels

義妹生活 2

（原著名：義妹生活 2）

2022年6月23日　初版第1刷發行
2024年8月27日　初版第6刷發行

作　　者：三河ごーすと
插　　畫：Hiten
譯　　者：Seeker

發 行 人：台灣角川股份有限公司
總　　監：呂慧君
總 編 輯：蔡佩芬
主　　編：林秀儒
編　　輯：邱瓈萱
設計指導：陳晞叡
美術設計：李思穎
印　　務：李明修（主任）、張加恩（主任）、張凱棋、潘尚琪
發 行 所：台灣角川股份有限公司
地　　址：104台北市中山區松江路223號3樓
電　　話：（02）2515-3000
傳　　真：（02）2515-0033
網　　址：www.kadokawa.com.tw
劃撥帳戶：台灣角川股份有限公司
劃撥帳號：19487412
法律顧問：有澤法律事務所
製　　版：巨茂科技印刷有限公司
ISBN：978-626-321-531-3